あるデルスィムの物語

―クルド文学短編集―

BIR DERSIM HIKAYESI

ムラトハン ムンガン 編
磯部 加代子 訳

さわらび舎

Dilsizdir benim acılarım..
Konuşmazlar kimseyle,
Sadece benim canımı acıtırlar..
Hiç hak etmediğim halde...!

Cemal Süreya

私の痛みは　言葉を持たない…
誰とも　会話を交わすこともない
ただ、私の心を痛めつけるだけ…
なにひとつ、身に覚えはないというのに…！

ジェマル・スレヤ

デルスィムを流れるムンズル川

訳者まえがき

『あるデルスィムの物語』(Bir Dersim Hikâyesi, 二〇一二年)は、一九三八年に起きたトルコのデルスィムにおける虐殺事件を題材とした、二三人の若手作家による全編書下ろしの短編集だ。今回日本語としてお届けするのは、そのうち十名の作家による十作品である。

地図から消えた地名

「トルコ」という国名を聞いても、「果たしてそれはどのあたりだったか?」と思いめぐらすような人が大半だろう。ましてや日本の地で、「デルスィム」という地名を聞いて何事かを思う人はまずいない。

もしあなたが今、トルコに興味があって、トルコ旅行をもくろんでいたとして、ガイドブックを眺めてみても、「デルスィム」の名はそこにはない。

現在、デルスィムの地名は「トゥンジェリ」(ブロンズの手、という意味)と改名されており、地図上からは消えてしまっている。しかし、本国トルコでは、「デルスィム」という地名は人々に何事かの記憶を想起させるものである。一部の人々の間ではいまだに根強い市民権を得て、デルスィムの名は人々の記憶から消えることはない。様々な温度差を生み出しながらも、「デルスィム」は人々の気持ちをざわめかせる地名であり続けている。それは、一九三七年から三八年に起きた、大虐殺の記憶とともに想起される名でもある。

クルド人とクルディスタン

デルスィムについて話をする前に、もう一つ、慣れていただきたい言葉がある。「クルド人」と、クルド人の土地という意味の「クルディスタン」という言葉だ。

クルド人は、メソポタミア文明を育んだチグリス・ユーフラテス川を中心とするクルディスタンに長らく住んできた中東世界における先住民族である。しかし現在その地はトルコ、イラク、シリア、イランという別々の国に分断・支配されている。トルコ人社会学者のイスマイル・ベシクチの言を借りるなら、クルディスタンは「多国間植民地」であり、今日までクルド人はそれぞれの宗主国から迫害を受け続けてきた。中東に居住する多数派三大民族であるアラブ人、ペルシア人、トルコ人に次ぐ人口（二千五百万人から三千万人）でありながら、いまだ独立国家を持たない、中東における決して少数とはいえない「少数民族」、それがクルド人である。

クルディスタンを植民地支配する各国の中で、とりわけ激しい同化政策をクルド人に対して行ってきたのは、トルコである。同化政策にともなってクルド語の地名であるデルスィムの名は、トゥンジェリというトルコ語に変更され、地図上からはデルスィムの名前は消えてしまった。他にも、クルディスタンの地名で変更されたものはある。例えば、「アンテプ」という南東部の町は、語頭に「戦士」という意味の「ガズィ」の語がつけられ、今は、「ガズィアンテプ」という名が定着している。しかし地元民は、「アンテプ」と呼ぶのが普通である。

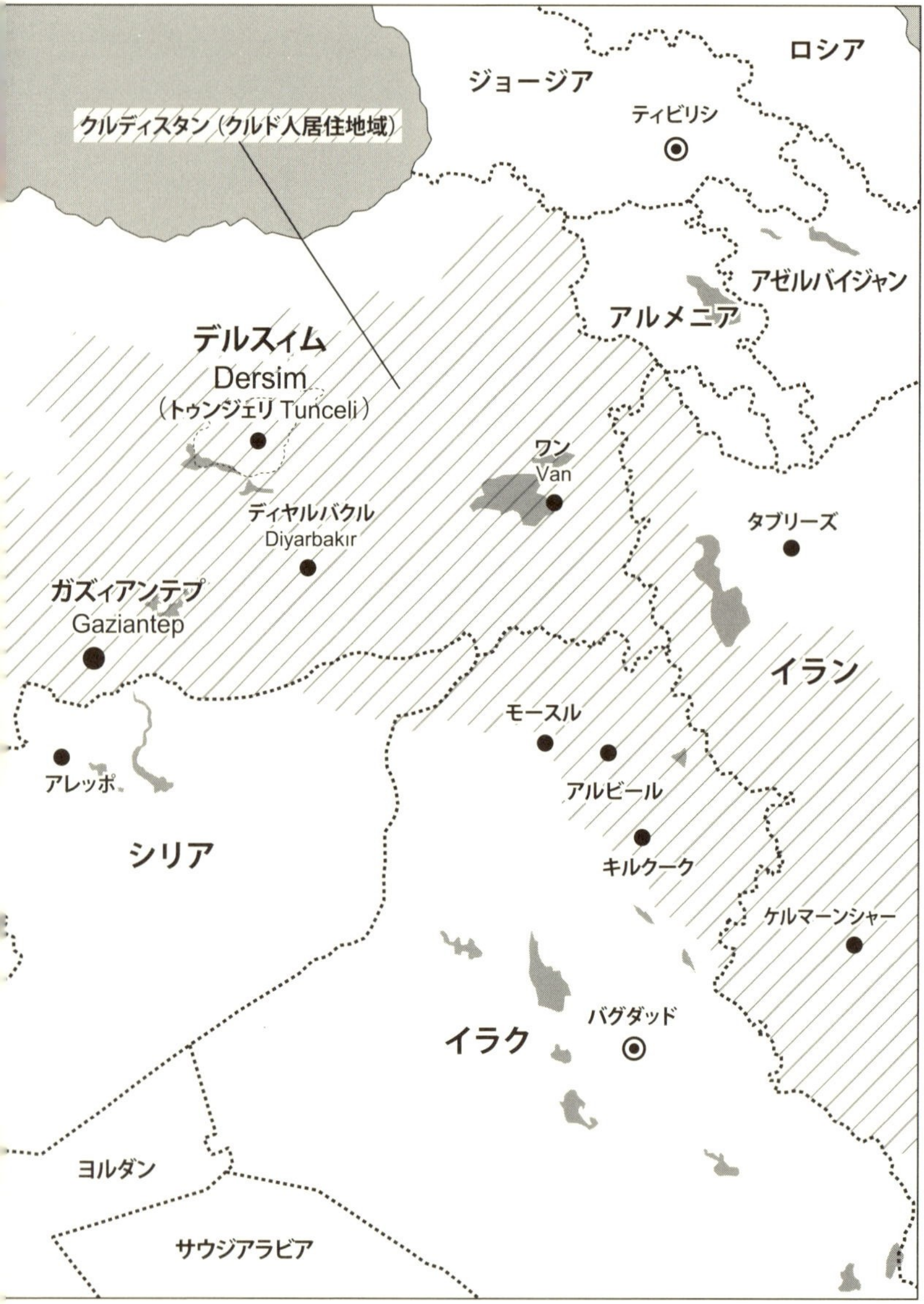

ロシア
ジョージア
ティビリシ
クルディスタン（クルド人居住地域）
アゼルバイジャン
アルメニア
デルスィム
Dersim
（トゥンジェリ Tunceli）
ワン
Van
ディヤルバクル
Diyarbakır
タブリーズ
ガズィアンテプ
Gaziantep
イラン
モースル
アレッポ
アルビール
シリア
キルクーク
ケルマーンシャー
バグダッド
イラク
ヨルダン
サウジアラビア

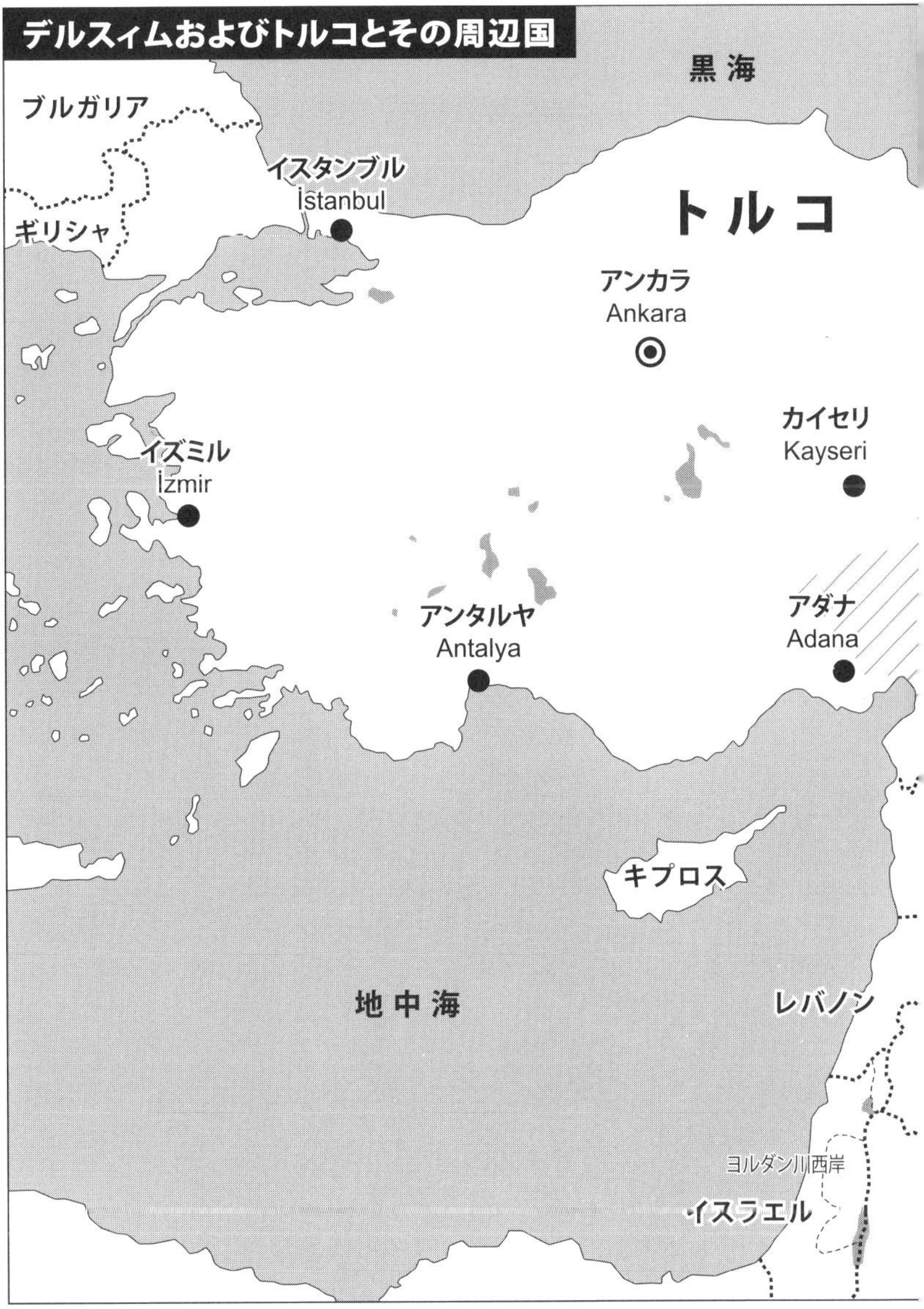
デルスィムおよびトルコとその周辺国
黒海
ブルガリア
ギリシャ
イスタンブル
İstanbul
トルコ
アンカラ
Ankara
カイセリ
Kayseri
イズミル
İzmir
アンタルヤ
Antalya
アダナ
Adana
キプロス
地中海
レバノン
ヨルダン川西岸
イスラエル

デルスィムで何が起きたのか?

デルスィムの地はアナトリア東部の険しい山々に囲まれており、かつては実質的な自治が行われていた。人々はクルド語とは別の言語とされているザザ語を話し、宗教的にはトルコの多数派であるイスラームのスンニー派ではなく、アレヴィー教徒が多数を占めている。このことが、デルスィムの自治を可能にしていたのかもしれない。言語的、宗教的な少数派であるという点でデルスィムは、クルディスタンのなかでも大変際立った特徴のある地だった。

デルスィムの虐殺からさかのぼること十四年前の一九二三年、ムスタファ・ケマル率いるアンカラ政府は、連合国とローザンヌ条約を締結。トルコは列強各国による分割を免れ、独立を勝ち取った。それにともない一九二〇年のセーブル条約(第一次世界大戦後に連合国とオスマン帝国との間で締結された講和条約)で約束されていたクルディスタンの自治を反故にした。さらにアンカラ政府はクルド人を「山岳トルコ人」と呼び、クルド人の強制移住ならびにクルディスタンへのトルコ人の入植を進めた。クルド人を「山岳トルコ人」、つまりトルコ人とみなすことで、少数民族として存在することすら認めなかったのである。

独立国家の夢が破れたクルド人は、アンカラ政府の一方的な振る舞いに抵抗し、次々と各地で反乱を起こす。

一九二五年にはアレッポでシェイヒ・サイトが反乱の狼煙を上げ、一九二九年にはレバノンの地で組織された新しいクルド人組織「ホイブーン(独立)」らによるアララト山の蜂起が起きる。

いずれも、ムスタファ・ケマルによって弾圧されてしまうのだが、最後の大きな抵抗は、デルスィムの地で起きた「デルスィムの抵抗」（一九三七〜三八年）である。政府軍は、「抵抗運動の制圧」という名の下に、デルスィム市民の民族浄化をもくろみ、無差別な住民虐殺を行った。虐殺のすさまじさもさることながら、トルコ人化、スンニー化などの同化政策も徹底していた。女児は家族から引き離され、トルコ人としての同化教育を受けさせられ、トルコ人将校の家庭にお手伝いなどとして引き取られた。文化は女から女へ引き継がれるもの、という考えから、女児の同化政策を積極的にとったと考えられる。

母語を禁じられ、文化を否定され、常に「二級市民」の扱いを受け続けてきたトルコ国内のクルド人たちは、やがて武装闘争の道を選ぶ。一九八四年、クルディスタンの独立を掲げるクルド労働者党（PKK）による武力闘争が開始された。今日にいたるまで、トルコ国軍側を含め、多くの若者の血が流されたが、独立国家の樹立はいまだ叶わない。今もクルド人は世界中から見放された存在として世界各国に離散しながら生きている。

人類全体が共有すべき地名としてのデルスィム

特定の民族の記憶としてではなく、人類全体が共有すべき地名というものがこの地球にはある。たとえば、「ヒロシマ」、そして「アウシュビッツ」。「デルスィム」という地名もまた、人類全体が共有すべき記憶が刻まれた地の名前であると、私は思っている。

作家たちの記憶と想像力の集合体としての本短編小説集は、史実を描いたものではない。しかし、あなたは「ヒロシマ」と言ったときに、子どものころから聞かされてきた数々のストーリーや映像が浮かばないだろうか？　きのこ雲の映像と共に、何かしら、耳にしたり読んだりした物語があるのではないだろうか？　いみじくも、私が今この原稿を書いているのが八月六日であることは、何か因縁めいたものを感じる。

「出来事や記憶を語り継ぐ」という大きな課題を抱えた私たちが、トルコの地で、否定され、差別され、忘れられてきたデルスィムについての記憶を新たに紡ごうとする作家たちの営為に参加すること。それは、ヒロシマとデルスィムを同じ地平でつなぐことになると思う。

クルド文学としての本短編集

本短編集の原文は、全てトルコ語で書かれており、海外文学のひとつとしてカテゴライズするなら、「トルコ文学」になるのかもしれない。

しかし訳者としてはこの短編集を「クルド文学」として送り出したいと思った。厳密には、トルコ語で書かれている以上、トルコ「語」文学である。しかしトルコ語で書かれた文学だからといって、必ずしも「トルコ人」だと自認している作家が書いているわけではない。トルコにおけるクルド人の自認は様々である。それぞれの作家たちの民族的出自は判明している場合もあればそうでない場合もある。

訳者はあえて、「クルド文学」の間口を広くとらえた。トルコ「語」文学であっても、「クルド人」と自認する作家が書いたものから、「クルド人やクルディスタン」について書かれたものまでを含めてもよいと思っている。

当然、クルド語（多くの方言が存在する）で書かれたものが、本来的には「クルド文学」と呼び称されるべきなのは承知している。しかし、長らく母語を禁じられてきた結果、クルド人と自認する作家たちが作品を書く際に選ぶ言語は、ほとんどの場合トルコ語である。

もちろんクルド語で書く作家は、トルコを含め、クルディスタン各地、ヨーロッパ各国に存在する。クルド語ルネッサンスをもたらした作家、メフメド・ウズン（一九五三〜二〇〇七）は、クルド文学史上燦然と輝く正真正銘のクルド人作家である。長じてのちに母語を学びなおし、小説に耐えうるだけの言語を身につけ、小説を書くときは必ずクルド語を用いた。

いずれ、クルド語を専門とする方が日本にも現れ、クルド語で書かれた各国のクルド文学が日本で紹介される日がくるかもしれない。しかし、そのときまで「クルド文学」を日本語で読むことは叶わないのだろうか。

クルド語を知らない私ができるのは、トルコ語の小説を沢山読んできた蓄積を生かし、トルコで生きる作家たちの文学作品を通じて、トルコにおけるクルド人の経験と現状を日本の読者に届けることである。そのような思いから訳本として選んだ本書は、まぎれもない「クルド文学」なのである。

二〇一七年八月　磯部加代子

編者まえがき

母乳、血、ことばから成る骨

ムラトハン・ムンガン

　本書のタイトルからも察していただける通り、あなたが今、手にしている本は、一九三八年に起きたデルスィムの大虐殺を軸に、「共通のテーマについての変奏曲」と呼びうる物語で構成されている。参加してくれた作家たちがすでに発表した作品を編集したのではなく、この本のために特別に書き下ろしたものばかりである。

　世間の幅広い人びとの真実を知り、学ぼうとする情熱、正義の探求、良心の必要性を前に、公認の歴史によるヘゲモニー、言語、言説、そして拒絶と否定のポリティクスが日増しに弱体化している時代を、われわれは生きている。

　われわれが今いる社会的、歴史的局面において、一部の人びとは、今や「歴史と向き合う」ことの責務について口にするようになっている。私たちの過去の歴史を根本から清算すること、起きた出来事についての責任を負うことを提言する声も大きくなっている。さまざまな時代に起きた血塗られた事件についての議論は、かつてとは比較にならないほど私たちの日常生活での位置を占めるようになっており、大きな声で語られ始めた。

　アナトリアは血の舞台である。ここアナトリアは、これまで実に多くの文明が興り、そして滅び、支配者が替わり、そしてまた、実に多くの言語、宗教、信仰、文化が育まれ、争い、そして互いに縒り合わさってきた一筋縄ではいかない土地である。そして、私たちは日を追うごとに少し、また少し、知っていくのである。この大地には、近い歴史のみならず、古の歴史に生起したあらゆる否定の背後に、集団墓地が横たわっている、ということを……。この大地に眠るのは、死者たちだけではない。いくつもの真実といくつもの言語、いくつもの文化といくつものことばたち、これらもまた、この大地の下に埋められているのだ……。

「時」とともに隆起する大地は、死者やその骨だけにとどまらず、真実をも掘り起こす。「時」の風が吹くたびに、大地の下に埋められたありとあらゆるものが、そろりそろりと顔を出し始める。

今日、多くの研究者がアナトリアの地でさまざまな時代に起きた幾多の虐殺事件や、人類に対し行われた集団的犯罪行為についての文書や本を発表している。一九三七年五月四日に始まり、一九三九年に終結した大虐殺――いくら政府が「デルスィム作戦」などと呼ぼうとも、明らかに民族虐殺であるこの大虐殺――に関して、近年その数を徐々に増しながら、文書や情報が日の目を見るようになってきた。歴史を金庫の中に閉じ込めておこうと躍起になっている政府と軍部の記録文書は、いまだ公開されないままだが、その閉じられた扉の向こうから外へ向かって真実を人びとに知らせ、見せる必要性は滲み出てきている。

歴史の本や研究書、関係資料や調査結果などは、一部の読者しか興味をひかないものかもしれない。あるいは、とりわけ敬遠する読者もいることだろうし、読んでもすぐに忘れられてしまうこともある。だが、物語は違う。人の記憶に残る、それが物語だ。瞬間、状況、言葉、舞台、登場人物、これらは残る。このアンソロジーの目的は、歴史を文学によって更新することにある……。人生をその手からもぎ取られた人びとに、それを返すこと。

優れた文学なるものは「本質主義者」ではない。出来事を本質などというものに結び付けたりはしない。生起した出来事について、特定の民族、国民、人びとを弾劾することはない。出来事の過程を文章化し、これに意味を与えるものである。その本質は人間性によるものである。だから、あなたが手にしているこの本に収録されているのが文学作品であるということを忘れないでいただきたいのだ。文学は怨念を新たにするためにではなく、記憶を新たにするために創作されるのだから。優れた文学は、人びとが真実を認識し、事実を引き受け、責任を負い、真実に耐えうる力を与えようとしてくれるものである。数々の虐殺事件を行うのは人びとではなく、精神である。野蛮なのは、権力と権力側の機関である。社会学という布地を、目的に到達するために国家のイデオロギー装置を用いて織ることは、「権力を得ること」のポリティクスである。そうであってみれば、闘わなければならないのは人びとや国民ではなく、精神のほうである。優れた文学はそのことを知っているし、そのことを示してくれる。

意識していようがいまいが、この国では誰しもがなんらかのデルスィムの物語を持っている。必ずしも自分がその物語に含まれている必要はない。しばしば、物語の端っこに自分が触れていることすら気が付かないまま通り過ぎてしまうこともある。私がこの本を作るにあたり、作家たちにお願いしたのもそのことである。デルスィムの物語を紡ぐこと――。

当然ながら、私にもまたデルスィムの物語がある。大学生時代、アンカラのバフチェリエヴレル地区で、近所に住むデルスィム出身のおばさんから話を聞いたことがある。それは決して忘れえぬ類のものだった。ぽかぽかと暖かな、とある夏の午後のことだった。私たちは家の中にいたのだが、おばさんは誰かに聞かれはしないかと怯えながら、デルスィムで起きた虐殺事件のことを囁き声で語ってくれた。物語のオリジナルは彼女の夫のものだった。彼女の夫は四十歳を過ぎると急に酒に溺れるようになったという。暴力まで振るうようになった夫は、実は警部だった。夫の暴力行為の度合いがもはや見逃せないまでになると、警察組織は彼に休暇をとらせ、精神的な助けが必要だとして病院に受診させた。すると、彼の頭の中には、子どもの頃に親から聞いた話が残っているのだということが判明した。

夫の親戚に、デルスィムの大虐殺に加わった兵士がいた。彼は子どもに乳をあげながら串刺しにされた女を見てしまった。母親はとっくにこと切れていたのだが、母親の胸に抱かれていた赤ん坊は、おっぱいを吸い続けていた。兵士は、赤ん坊の吸っている乳に血が混ざり始めたのに気がついた。兵士はもはや耐え切れず、その赤ん坊を死んだ母親の胸から引き離した。そして、その子を引き取り、自分の子として育てた。おばさんの夫が聞いた話とは、そういう話だった。

警部が四十歳になるころ、彼の母は死の床に臥せってしまう。そしてとうとう、胸にしまっていた真実を胸中にとどめておけなくなった。自分を堰き止めていたものが外れてしまったのだ。その赤ん坊というのが、実はその警部であることを、話してしまうのだ……。物語の残りの部分、隠されていた側面……。件の遠い親戚にあたる兵士が、外套に赤ん坊を匿い、連れ出したこと、そのことにまつわる一連の物語の細部。その後、子どもがいなかった警部の両親に養子として赤ん坊を与えたこと。母は、死の床で自らが育てあげた赤ん坊に、赦しを乞うていた。

最後におばさんは、長い歳月を隔て、まわりまわってデルスィム出身の私と結婚したことは、運命の証だと言っていた。夫である警部は妻であるおばさんにどんなふうに接したのかと訊いてみた。すると、「私がデルスィム出身だって知っているからでしょうね、私に手をあげるということとはなかったわ」と言った。この、現実に起こったこととは思えないほどの実際にあった人生の物語を聞きながら、私は鳥肌が立った。わずかながら爆発しそうな眼をし、片足を引きずり、唇の端に煙草をくゆらせて歩く警部の姿を見るたびに、私は目の前に、血の混ざった母乳を吸うお包みにくるまれた赤ちゃんの姿を思い浮かべてしまうようになってしまった……。あの日、私たちに語られたものとは似ても似つかない別の物語、赤ん坊に乳を飲ませている女の胸を串刺しにした兵士のほうの物語、あるいはそれに類似した物語が、長い年月の間、繙かれることなく、軍司令部の記録庫の中にあるに違いない。

　目的は何であれ、文学なるものはある意味においてごく個人的なものである。あなたが手にしているこのアンソロジーの存在は、先に述べた私の聞いた末恐ろしい物語に負うところが大きい。いつかきっと、このことを書きたいと思っていた。それが、年月を経てこのようなアンソロジーを編集するというアイディアによって芽吹くこととなった。

　あとで知ったことなのだが、件のデルスィム出身のおばさんも、その夫である警部も、今は亡き人となっている。二人の物語、私が預かった物語が、私のところだけでとどまってしまわないようにしたいと、願っていた。

　二〇一二年二月、私が叩いたドアの向こうから、本書に寄稿してくださった作家たちそれぞれの仕事、協力、そして友情に、個々に感謝します。

　デルスィムは別名「Kalan（カラン）」［1］ともいう。この本が、作家たちが残す「痕跡」となれば幸いである。

　ご存知の通り、骨は肉体より長生きする。どんなに地中に深く言語を埋め込んだとしても、ことばの骨を覆いうる土など存在しない。ことばはいつの日か書かれ、語られる。

二〇一二年五月

［1］「残ったもの」「痕跡」などの意味。

目次

カラスの慈悲心

ヤルチュン・トスン

エスマー・カルファを昨日、土に還した。母と父の次に、私が人生で最も愛した人物だ。実を言えば、両親よりもエスマー・カルファへの愛のほうが勝っていると思わないでもなかったけれど、なるべくその考えは頭から追い払うようにしていた。間違ったことのように思えたから。

もはや、この世にエスマー・カルファという人間はいない。でも、この世界はそのことで大して影響を受けているようには見えない。そもそもこの世界は、どんな物事にも大した影響を受けていないように見える。ちょうど、私の母と父がそうであるように。ところが、私は新たにそのことに気が付いたのだけれども、愛する人との別れというのは相当に辛いことのようだ。ふいに、心臓が今ある場所からもぎ取られるような感覚に襲われる。こんなことは私の人生で初めて起きることで、つまり私はこれまでの人生で一度も愛する人を失ったことはないということだった。大きな悲しみに直面することもなく、望んだことは——そう大した興奮を伴わないにしても——そう時を待つことなく叶えられる、そういう子どもだった。とはいえ、子ども時代というのももはや残っていなかったけれど。近頃ではいつもエスマー・カルファが私をからかって、「あと何年かすればお父様の部下の将校の誰かが勇気を振り絞って娘さんを下さいって来るわよ」と言っていた。そんなことを言われた日には、私は彼女にこちょこちょ攻撃で応じた。スカーフから見える顎と首めがけて攻撃をしかけた。母が私たちのはしゃぎ声を聞きつけて私を部屋に追い返すまでの、幸せなひと時だった。

母も、父と同じでまさに堅物そのものだった。私が二人の一粒種であっても、何一つ事態に変化をもたらさなかった。私は母と父には微塵も甘やかされずに育った。サミム大佐とその妻であるナーヒデ夫人の、抱擁、キス、匂いを嗅ぐといった愛情に満ち満ちた行為とは距離を保つ態度は、私に相対するときも変化がなかった。夫婦間であっても抱擁どころか相手を気遣う言葉や優しい視線などで触れ合う姿を見たことがない。「冷え切った食料」、エスマー・カルファは母をそう評していた。父のことはフランス語で「モンシェール・コロネル」、つまり親愛なる大佐、と。父が軍人仲間との会話でフランス語を話しているときに、互いに「モンシェール」と呼びかけたり、時には「ムッシュー」などと言っていることを、エスマー・カルファはからかっていた。ある時、私たちといる時でもどうしてフランス語を使うのかと尋ねたことがある。すると父は、「使わないままでいたり、文法の練習をしておかないと、忘却の彼方へ追いやられてしまうものなのだよ、外国語というのは」と横目で友人たちをちらりと見ながら答えた。私はこの視線の言外の意味を察し、ひそかにムっとしたのだった。

自分を除け者のように感じたり、不運を嘆く気分になったりした時は、いつだってエスマー・カルファの胸で一息ついたものだ。とりわけ子どもの頃にそういう逃避行をした。夜半に自分のベッドを抜け出し、エスマー・カルファの温もりの中へと逃げ込んだ。私に外見も性格も似ている母や父のところに行くことなど、考えも及ばなかった。私はエスマー・カルファのアラブ石鹸が香るおっぱいの間に頭を滑りこませて眠りについた。彼女の傍にいて彼女に抱き付いていると、今になってもはっきりと名付けることのできない、昔から知っている慣れ親しんだものを想起させるあの感覚に満たされたものだった。とうの昔に失ってしまった何かに再び出会ったように感じた。でもその正体を見つけようと近づくと、決まってその瞬間に、魔法仕掛けのように子どもらしい深い眠気に襲われて寝入ってしまうのが常だった。今でもなお明瞭に思い出しては私を当時のように落ち着かない気持ちにさせ、少々怖い思いにさせるあの夢も、エスマー・カルファの胸の中で眠ると必ず見てしまうこともわかっていた。ちょうど、朝になればその夢の話を一言一句違えずエスマー・カルファに話して聞かせ、エスマー・カルファは俯いたまま――それに、絶対に私の目を見ないようにして――黙って私の話を聞いてくれるということがわかっているように。

私、また同じ夢を見たわ、エスマー・カルファ。例の、小さかった頃の私が出てきて、カラスがたくさん出てくる、あの夢よ。紫の山の上に洞窟があって、両手と髪にヘナをしている女の人が私の背中に赤ん坊を背負わせ、パンの入った小さな包みを私の手に握らせた状態で、どうやら私はその洞窟の中に入って行かなくちゃいけないらしいの。私はまだ、赤ん坊をどうにかこうにか背負える程度の年齢だったけど、とりあえず黙っていたわ。その女の人が、まめだらけの手で私の髪を撫で、屈みこんで、まず私の、次に私の背負った赤ん坊の匂いを吸い込んだのを覚えているわ。洞窟の中に入ると、地べたに座った帽子を被った男がタバコを吸いながら私たちを眺め、唇をもぞもぞ動かしている。女の人が、「それじゃ、おまえたちはお行き、私たちもすぐにあとから行くから」そう言って、私たちを送りだしたそのとき、私の背中の赤ん坊が少しぐずったけれど、やがて黙った。その女の人から立ち上るやすらぎに満ちた温かいパンの湯気のように香る風が私の顔を撫でたので、別れ難くなった。それでも私は、行かなければならないってことはわかっているの。たとえその理由はわからないにしても。暑いさなかに青息吐息で山の斜面を登っている自分に気が付く。道中のあらゆるものが既知のもので、私の気持ちを楽にさせてくれた。紫の山を感じさせる暖かいそよ風が私の髪の間を吹き抜け、私の背中の赤ん坊もすやすやと眠っている。ところが、洞窟が近づいてきてその真っ暗な入り口が見えてくると、言いようのない恐怖に襲われてくるの。次々に飛び立ってはまた舞い戻るカラスの一群がいる洞窟の真っ暗な口が、私たちを飲み込まんばかりに見える。恐怖心がどんどん増していって、どうしてその中に入らなければならないのか全然わからなくなる。背の低い木々の間に身を隠したまま洞窟を見据え、私は待ち構える。そこへ、洞窟の中へ慌てふためいて入って行く人たちの姿が見える。その人たちの姿を見たからと言って、恐怖が和らぐことはない。すると空からそれまでに聞いたこともない轟音が響いてきて、恐ろしい爆発音がしたので、私は地面に突っ伏したの。赤ん坊、と私は思う。赤ん坊が起きちゃう。でも、赤ん坊は起きない。目を開けて見ると、洞窟の入り口が炎に包まれて燃えている。手で背中の赤ん坊をまさぐってみる。動かない。するとその時、火の手が上がっている方向から、カラスが私たちに向かって近づいてきた。カラスは飛んでいない、ふらつきながら私たちのところまでやってくる。すっかり近づいてきたところで、翼から血が流れているのに気が付いたわ。辺りがすっかり暗くなっている。不意に私は頭上を見上げる。空がびっちりとカラスで覆われている。カラスたちは洞窟の上で真っ黒な雲のように飛び交っている。空は、鳴きながら飛び交うカラスそのものになっている。一方私の目の前のカラスは私の目を見つめながら、血の滴る翼を地面に落とし、微動だにせず寝そべったまま私の方を見続けている。それから私は再び目を閉じる。夢の中で、それが夢であることを願う。勇気を振り絞って再び目を開けると、一人の男が私の目の前に立っているのがわかる。最初はおかしな恰好をした見知らぬ人のように見えたけど、しばらくすると表情が見え、誰だかわかる。目の前の男は、軍服に身を包んだ私の父だった。父は私をそうっと胸に抱く。私は少し落ち着かない感じがしたが、何も言わないでいた。私は赤ん坊の様子を確認したが、もう背中にはいなかった。「赤ちゃんはどこ？」と私。父は、私の言っていることがわからない。もう一度、「赤ちゃんはどこ？」と言いながら、背中を見せる。父は何一つしない。私は声をあげて泣き始め、父の首にすがりつく。他にどうすることもできないから。一度もしたことがないぐらい、父に、ぎゅっと抱き付いた……。

ちょうどこの箇所までくると、喋りながら立ったまま夢を見ていたみたいに、夢から再び目覚める。エスマー・カルファは目から溢れる涙をスカーフの端で拭いながら、私を自分の膝に寝かせる。最初は何も言わず、ただ私の髪を撫でている。すると突然、「それから？　その続きはないの？　夢の続きは？」とエスマー・カルファ。「そのあとは特にないの」と私。夢のそのあとの部分はあまりよく覚えていないのだ。

夜になり、寝る前に窓際で佇みエスマー・カルファのことを思い出している。それから、長いことあの夢を見ていないこと、エスマー・カルファがこの世を去ったからにはきっともう、私もあの夢を見ないのだろうな、ということに気づく。あの夢のことを母と父には決して話さないだろう、言いたくもない、ということも……。

もう寝ようとしたその時、一羽のカラスが窓枠に止まった。光沢のある黒い毛は、夜の漆黒の中でさえ存在感があった。時の始まりよりこの方、カラスたちはこんな風に見つめてきたのだろう、そんなことを思う。この目線、全然変わってないのだろうな、どうだろう。一方、窓のカラスは私の目を凝視し続けている。何か言いたいことがあるとか、怒りに満ちているといった風ではないのだが、何をするでもなく、身じろぎひとつせずじっと見つめている。私はカラスが怖くなってきた。私の目を突き刺す狂気を湛えた視線が。夢で見たカラスに対して恐怖心を感じなかったのとは裏腹に、目の前のカラスのことが怖い。一刻も早く飛んで行ってしまい、私のことは放っておいて。とうとう耐えられなくなり、父を呼ぶ。しばらくしてから父が、国の要人たちとのおしゃべりをしていた客間から出て、私のところにやって来た。なんだって私の邪魔をするのか、とでもいうような目をしている。「カラスが」と言いながら、私は窓を指さした。「カラスがどうした、何もいないぞ」と父。「いるわ」私はそう言い張って、指さす。やがて夜の漆黒の中で微動だにしないカラスに父も気が付き、——あるいは、私をなだめようとして気が付いたふりをしているのかもしれない、どっちだろう——窓ガラスを叩いて追い払う。私をベッドに横たわらせ、私の傍らに座る。夢でそうしたように、父に抱き付きたくなった。それも、夢で感じたあの他人のような感覚を感じないまま、そうしたかった。でも、勇気が出せない。指先で父の腕に触れるだけ。父のほうも少し落ち着かない様子を見せながらも、そうっと私の指先に触れ、私に布団をかけてから部屋を出る。

静寂の中で、横たわったままの場所から、落ち着いた様子の空の一部が見える。何もない空、真新しく作られたみたいに、何もない。

どこからやってきたのかわからない安らかさを感じながら、私は夢のない眠りの中に混ざってゆく。

ムニラおばさんのお伽話

ジェミル・カヴクチュ

ムニラおばさんのことを、私の母方のおばあちゃんは「ムニラ」と呼んでいたので、私もそう呼んでいる。ムニラおばさんは時折料理をするぐらいで、他のことは一切手出ししない人だった。正確には、母がやらせなかったのだ。ムニラおばさんは年を取りすぎていた。放っておけば若い娘みたいになんにでも首をつっこんだ。母からしてみれば、ムニラおばさんは私の傍にいてくれれば、それで十分だった。それもそのはず、ムニラおばさん以外の誰のことも、私は寄せ付けなかったから。世話人だとか、私を楽しませなくちゃいけないと思いながら枕元に陣取る人たちや、同情心を隠そうと必死な偽善者たちには我慢がならなかったのだ。ムニラおばさんは他のどんな人とも違った。おばさんの目の前には雲が立ち込めていた。私のことが見えているのかどうかも定かではなかった。見当違いの場所を見つめていた。隣にいながらにして、そこにはいなかった。私には彼女がどこを見つめていたのかも、何を見つめていたのかも知る由もなかった。彼女は本当の叔母ではなかったけれど、私は彼女のことが大好きだった。私の父のことを育ててくれたのも、彼女だった。私たちの間には秘密の取り決めがあった。おばさんが私に語ってきかせてくれたお伽話のことは、他言無用だった。「知っているかい、私の美しい娘よ。このお話は、今まで誰にも話したことがないんだよ。おまえの父さんにでさえね」中には、怖い話も混ざっていた。母や、とりわけ父がそのことを知ったら、上を下への大さわぎになるだろう。私に語って聞かせていいのは、素敵な、私の心が晴れるような、ハッピーエンドで終わる類のものでなければいけなかったから。私はおばさんのお伽話を怖いとは思わなかったけれど、それでも、時折どうしようもなく身震いしてしまうこともあった。髪に触れるというよりはぎょっとさせるやり方で頭を撫でる大きな手より、彼女の声のほうが私に安心を与えてくれた。その一方で、私は恐れてもいた。

秘密を分かち合うというのは、なんてうっとりすることなんだろう。巨大な鳥の翼に乗って私たちは互いの手を取り合い、彼女だけが知っていて私は知らないある場所へと、私たちは飛んで行った。私は自分のことをうんと特別だと思っていた。

「いつになったら良くなってベッドから出ることができるの？　いつになったら外に出られるようになるの？　いつになったらみんなみたいに、学校に行けるようになるの？」私がそんな風に言うと、決まって「もうすぐ」と人は口を揃えた。みんなして私を騙していた。ムニラおばさんに同じことを訊くと、おばさんは返事をしない代りに遠くを見つめ、私の髪を撫でた。それがたとえ、「そんな日は来ない」という意味であっても、私は苦しくはなかった。彼女の大きな手は、掴んでみたいと思ってしまう雲のようで、私を慰める代わりに、私のことをわかってくれ、気持ちを静めてくれた。

私の望みはすべて叶えられた。私はとてもよくしてもらっていた。特に母に。私の顔を見つめながら、笑顔を振りまいているときでさえ、母は泣いていたのだが、本人にはそれがわかっていなかった。私もすっかり甘やかされ、この状況を利用して、「寝る前にムニラおばさんにお話をしてほしいな、そうすると、ぐっすり眠れるから」などと言っていた。おばさんには、これが決して甘ったれた望みなんかじゃないということがわかっていた。お伽話は、私たち二人をことは別の異世界へと連れて行ってくれた。

二人きりになったとき、おばさんが私の耳元に話して聞かせてくれるお伽話は、いつにも増して怖い類のものだった。指を私の髪に絡ませながら、「私の名前はムニラっていうんじゃないんだよ、私の美しい娘よ」ムニラおばさんはいつもそう言っていた。この言葉は、これから語られるお伽話に私が入り込む際の、恐怖と悪が満載の世界への扉そのものだった。私は瞳を閉じてすっかりその気になって、低い声で言葉を区切りながら、「あなたの　名前は　ムニラ　じゃないわ　おばさん」と応じた。横たわっているこの場所から私をいっこうに立ち上がらせてくれない私の両足の痛みさえ、この魔法の言葉で忘れ去ることができた。最初に現れるのは、私の目の前でゆっくりと開いたり閉じたりする私の唇だ。私は鏡の前に立っていて、声を発することもなく、ただただ口の動きだけを見つめながら、私の中へ向かって自分が喋るのを感じていた。私は自分の名前のことも、おばさんの皺だらけの顔のことも忘れた。私は自分自身から遊離し、おばさんが私と出会う前の姿になった。「あなたの名前はムニラじゃないわ、おばさん！」するとどうだろう、低い山の斜面を走り、木に登って大空を飛ぶ鷹を見つめる一人の子どもになった。私はおばさんの語ることそのものを見、匂いを嗅ぎ、体全部で感じた。「私が小さかった頃、私が喋っていたのはこのことばじゃないんだよ」おばさんは言った。私は「知っているわ」と答えた。なぜって、いつだってお伽話はこうやって始まったから。おばさんはその単語をたとえささやき声であっても口にしなかった。もしかして、忘れてしまったのだろうか？　しばらくの間、おばさんは口を閉ざしたまま待っていた。私は細目を開けておばさんを盗み見た。沈黙というのはどのことばでも同じ意味になるのかしら？　おばさんは自分自身に、あるいはこれから話す内容に耳を澄ましていたのだと思う。深く息を吸い込んでから、「ここから遠く、それもうんと遠くのある国に、空を流れる雲を見て、風の吹く方向がわかる少女がいましたとさ」とおばさんは言った。すると、私はその話の中の少女になっている。黄色い花々と緑の草に覆われた山の天辺まで登り、両腕を広げて動かない木に変身した。風が私の腕に当たり髪を巻き上げては、くすぐったいような感じがして私は笑った。それからフクロウがするみたいに、土の中をうごめく蟻の声にすら聞き耳を立てた。ほんのわずかなうごめく音でもキャッチすると、物真似ごっこをして遊んだ。私の名はファトマと言った。父方の叔母みたいに空色の瞳をしていた。だからお母さんは、叔母の名前を私につけたのだった。私たちは三人きょうだいだった。弟のアリは私より四つ下で、アイシェ姉さんと私は二つ違いだった。私は木製のゆりかごに寝ているアリをよく可愛がった。

「ファトマたちの住む村は、それはそれは素敵な場所だったのよ」ムニラおばさんはそう言って、お伽話の世界の中に入り込んで行ってしまう。

ある日私は耐えきれなくて、「ファトマって、おばさんのことなの?」と聞いてしまった。するとおばさんは、笑顔に似ているけれど、笑顔とは呼べないような表情をした。「これはね、お伽話なのよ」そう答えるのだった。

おばさんがお伽話の最大のクライマックスのくだりを話す段になると、なろうとしても私はファトマになることができなかった。ムニラおばさんの心の中に生じた不安の蠢きが、私に乗り移った。ファトマたち一家の村からの逃亡劇は私たち二人を動揺させた。なぜ、逃げたのかって?本人たちも、他の誰も、そのことを知らない。一家に分かっているのは、兵隊たちが村にやってきて、お母さんたち、お父さんたち、大きなお兄さんたちやお姉さんたちが連れて行かれてしまうということだけ。ファトマのお父さんが、「兵隊たちがこの村にやってくる、すぐに支度して逃げよう」と言ったという。まだ早朝の出来事である。あたりはまだ暗闇の中だった。それは鶏小屋が深い眠りの中に落ち、いじめっ子の雄鶏の大将たちが鳴く前の時間だった。母はファトマたちをせっつきながら、無理矢理起こした。「起きなさい、支度しなさい、行くわよ」と言うが早いか、ファトマはすぐに泣き始めた。父親の一喝に怯えたファトマはすぐに泣き止んだ。ファトマの母は必要最低限の荷物を風呂敷に包みながら、声を出さずに泣いていた。一家が外に出ると、辺りには人っ子一人いなかった。ただ犬たちが吠えているだけ。「出遅れちまった」と父親。「みんなとっくに逃げたみたいだ」捕まってしまったらどうしよう？　ファトマの小さな心臓は、ドックンドックンと波打った。

ムニラおばさんの語りっぷりがあまりにも達者だったので、私は何度同じ話を聞いても退屈することはなかった。むしろ、何度聞いても毎度興奮してしまった。ただ、このお伽話で私が理解できなかったのは、何一つ悪いことをしていないのに、どうしてそんなに大勢の人が逃げなければならなかったのか、ということ。兵隊たちは村人たちをどうして探し回り、見つけたら何をしたのだろう？　そう訊ねるといつだっておばさんは、「私の美しい娘よ、これはお伽話なんだよ」と答えた。「ただのお伽話だよ…」

一家は、とある洞窟の前で立ち止まった。その洞窟の入り口は巨大な怪物の口のようだったという。中は、これ以上ないというほどの真っ暗闇。怪物の善し悪しについては、誰一人わからなかった。しかし、一家は他に行く場所もなかった。ファトマの父親の手には大きな風呂敷包み、もう片方の手は一番下のアリ。母親はファトマとファトマより二歳年上のアイシェの手をそれぞれ握っていた。全員揃って洞窟の入り口をくぐっていった。父親がこんなに不安そうな姿をファトマは初めて目にしていた。家族を冷静に落ち着かせるどころか、誰よりも怖がっているようだったという。不安でいっぱいの顔からは冷や汗が流れていた。洞窟に隠れはしたが、誰一人お喋りしようとする者はいなかった。やがて、あの恐ろしい音が聞こえてきた。そして、けたたましい叫び声と共に、誰かが洞窟の中に入ってきた。一家の跡をつけてきたようだ。ファトマは頭を母親のお腹に埋めた。でも、母親の安全な温もりはそこにはなく、ただ母親の感じている恐怖だけがファトマには伝わってきた。すると突然、洞窟の中は兵隊たちでいっぱいになった。母親と父親は引きずられて洞窟から連れていかれてしまった。ファトマはきょうだいたちと子犬のようにその洞窟の中に打ち捨てられた。泣くことすら憚られた。きょうだいは、その後二度と母親と父親の姿を見ることはなかったという。ファトマはその後一人の司令官の家に連れていかれた。きょうだいたちの消息をその後二度と知ることはなかった。ファトマはバリカンで髪を剃られた。男の子みたいな姿になった。丈の短い靴下を履かされ、洋服を与えられ、つばのある帽子をかぶせられた。彼女をこの家に連れてきた司令官は、「今後クルド語を話したらお前を焼き殺す!」と言ったという。それで、ファトマはその日以来、クルド語を話さなくなったのだそうだ。彼女が恐れていたのは死ぬことではなかった。きょうだいを探せなくなってしまうこと、村で木になるという夢が潰えてしまうことが、怖かったのだ。

そのあとは? この話に続きはない。ムニラおばさんのお伽話は、これでおしまい。

ロリ……ロリ……

ベフチェット・チェリッキ

従弟のサーリヒの目配せで、僕たちはバルコニーに出た。彼はいつもの癖で僕に煙草をよこしたが、僕はそれを断った。従弟は深く一服し、煙を灰色の空に向かって吐き出しながら、しばらく見ないうちにどんなことをしていたのかと訊いてきた。

「知っての通りさ。そっちは?」と僕は答えた。

「右に同じさ」と従弟は答えた。僕たちはしばらく黙って通りを眺めた。従弟は祖父のことを考えているのか、それとも死というものについて考えているのか、と訊いてきた。

「どっちでもないよ」と僕は言った。「部屋の中でさ、泣いているのは誰なのかなってね……」

彼は口もとを顔の両側にひろげた。煙草の灰を僕の母の枯れた鉢植えの花の根元に落としてこう言った。

「さては知らないな。兄さんがいない間に、結構なことが変わったんだぜ、この辺りじゃ」

僕は何があったのかを訊ねた。すると、死ぬ前の祖父がある女と会っていた、と従弟は言った。

「まさか」と言って僕は従弟の表情を窺った。「爺さん、けっこうな歳だぜ」

「住民登録上は九二歳になっているけど、本当のところは神のみぞ知る、か?」

「百はいっていると踏んでいたんだが……」

数年前、この家を訪れた時にも、僕は祖父に年齢の話を振ってみたのだが、

「百歳だとしてそれがなんだというんだ?」

祖父はいらいらしながらそう言った。ところがどうだ。あの歳で女と浮名を流すとは——。

「それで、中で泣いているのがその女なのか?」

「そういうこと……。さっき、女たちの部屋の前を通る時に見たんだ」

従弟は頭を左右に振った。タクシーや乗り合いバスで目にする車の振動に合わせて頭を振る犬の置物みたいだと思った。その犬の置物ほどには可愛げはなかったが。

「本当か？　ふざけてないか？　何が女だよ？」

僕はそう問い詰めた。

「僕たちも、確実なところはわからないんだ。高校生のカップルみたいに、大通りの向こうの公園で女と向かい合って話をしている場面を何回か目撃されているんだ」

信じがたいことだ。単語を並べて話すことなどなく、息子たちとも嫁たちとも孫たちとも腰を下ろしてまともに口をきくことのない男が、見ず知らずの女と……。一方で、これっぽっちも驚いていなかったりもする。今や故人となったあの爺さんのことだ、何をしてもおかしくない。

「誰も訊かなかったのか、『あの女のひとはどこの誰なのか』って？」

「父さんは訊いたらしいよ。で、罵りの言葉を喰らったって。その後、ご機嫌斜めになってしまったとかなんとか。何日も口をきかなかったってさ。元来、あまり話をしたがらないってことは知っているだろう？　でも、父さんを見ると目を逸らしたらしい」

祖父と女。ありえない。昔付き合っていたとか、そういうことか？

「そうは思わないな」とサーリヒ。

「女は爺さんより相当若いらしいから。若いって言っても、六十か七十はいっているだろうけど。爺さんよりは若いって意味だ」

「認知症が始まったとかってことはないか？」あたかも祖父がまだ生きているかのように話をしていることに気が付いて、我ながら驚いた。不死身だと信じていたのだ。訂正しようとは思わなかった。

「認知症になったとか、しつこくしていたとかじゃないのか、ちゃんとした女の人に対してそんな……。女のほうも相手に悪いと思っただけで……」

「兄さん、そんな馬鹿な。あの老人は、僕たちよりはるかに元気だったぜ」

知らないわけがない。しかも、祖父はこのことについて不平をもらしていた。人は普通、しっかりした頭のままでずっと生きていたいと願うものだ。ところが祖父は、頭が混乱してしまって子どももきょうだいも判別できなくなってしまった人の話を聞くと、その人のことを羨ましがる始末。残念がって息を吸い込み、口をひんまげて「幸運な奴だ……」などと呟いていた。

「おいおい、神のご加護で丈夫で健康でいられるんじゃないか」

そう言って、いったい祖父が何に憧れているのかと、私たちは疑問をぶつけた。

祖父は「あっちへ行け」と言って顔を背けた。いつもの定位置の茶の間の長椅子の端に陣取り、何時間も微動だにせず窓越しに外を眺めるのだった。

「それで、その女の素性は？　何か情報はないのか？」

「まさかそんな、こっちだって本気にはしなかったさ。今日になって、彼女がわざわざ弔問に来てはじめて、僕たちの考えている以上のものだったってわかった次第さ」

従弟がまだにやついているのを見て、僕はドアのほうへ彼を乱暴に押しやった。

「どうなっているんだ、喪中の家で、僕たちの話題にしていることときたら」

「なにが喪中だよ、アルタン兄さん？　爺さんときたら何年もの間、『死にたい』ってそればっかりだったんだぜ」

彼が間違っているわけではないが、こんなふうに笑い合うというのも、正しいこととは言えない。

「ベリーダンスでも踊ればいいのか？　あの世に旅立ってくれたってね」

僕はそう言って、サーリヒを部屋の中に押し込んだ。サーリヒはとたんに顔をこわばらせ、神妙な、いかにも近親者を亡くした悲しみに沈む遺族になってみせた。

僕たちがバルコニーに居る間に、僕の知らない弔問客が来たらしく、誰かが僕のことを説明しては思い出させようと躍起になっている。

「イスタンブルに住む故人の孫ですよ」

僕の意識は部屋の中の女に向いていたので、その話など聞いてはいなかった。何か尋ねられれば軽く頷いて、いかようにも受け取れるような曖昧な笑顔でしばらくは沈黙のまま応答する。僕の視線は、ドアに向かっている。家の入り口が、僕の座っている場所からは見える。鍋だの皿だのを手にした女たちが出入りしている。例の女を見てみたい、見ればわかるとでもいうように、僕は注意深く入り口を見つめる。無駄なことだとはわかっている。僕は、ほとんど誰のことも知らないのだ。皆一様にスカーフを被っており、足早にドアの前を通り過ぎる女たち。どこに何を間に合わせようとしているのやら、誰が誰だかわからなくさせるにはもってこいのシチュエーションである。ほとんどの人と何年も会っていない。女たちの中ですぐに判別がつくのは母だけだ。僕が兄嫁だと思っている人だって、実は近所のおばさんである可能性すらある。スリッパの音を派手に立てながら歩く太った女が、子どもの時分に憧れていた近所のお姉さんということも大いにありうる。僕らのところに紅茶を運んでくれる女の子たちだって、僕の親戚なのだろう。彼女たちの顔に見知った人の面影はあるのだが、それが誰の娘で僕との親族関係がどういうものなのかは、はっきりとはわからない。

時折、泣き声に似た声が、別室から聞こえてくる。深く、深く溜息をつき、苦痛とともに吐き出される息と、情けに満ちた長く重い「あぁ！」の声は、サーリヒの話していた女のものに違いない。この家の人たちが、祖父の死を嘆くとは思えない。何年もの間、影みたいに生き、本人として長生きしたくなかったのも周知のことだった。祖父の死を喜びはしないものの、父が朝から弔問客に繰り返し言っていたように、「解放された」と皆が言っているのだ。

僕たちが成長するにつれ、祖父はすっかり内に閉じこもるようになっていたという。自宅や叔父の家で祖父が窓の外を眺めていた様子を覚えている。ある時は数珠を手にして唇をブツブツと動かし、別の時には金属製のコップで何かを飲んでいる。祖母の死後、祖父は家の者たちを散り散りにさせた。僕たち一家は叔父たちのところか、夏場は村へ行って女性陣のところで暮らした。祖父はどこへ行ってもその金属製のコップを手放さなかった。あのコップは、何の役に立っていたのだろう。いったいあれにはどういう思い出があったのだろう？　兵役に就いていた時、僕はほとんど毎日それによく似たコップでチャイを飲み、そのたびに、兵役を終えたら祖父にコップにまつわる哲学を聞いてみようと決意していた。実際に退役した時には忘れてしまい、それっきりになってしまったのだが。

客間に居る人たちは、最もお年寄りの人でさえ祖父と同年代の人はいない。それなのに、まるで見てきたかのように祖父について何らかのことを喋っている。きっと幼少時に家や村の中で祖父の昔のことについて語って聞かせられてきたのだろう。そういう話が頭に残っているに違いない。

素晴らしいじゃないか、爺さん。人から一生忘れられることがなかったなんて。祖父は行方不明になって、何日も何週間も報せもなくいなくなることがたびたびあった。そうかと思うと、村から連絡がきて、山の中をうろついているという。羊飼いたちが祖父を見かけ、持参していた弁当を渡しても受け取らなかったとか、ひとことも喋らなかったとかで、一休みするとまた歩き始めたのだという。青年と呼ばれる年齢になっていた祖父の息子たち、すなわち僕の父と叔父が、山中で祖父を捜索していると、前触れもなく町に戻ったらしい。また別の時には、村の畑や庭の一部を売り払ってしまい、店を始めたと思ったら今度は朝の薄暗い時間帯から夜中まで店に居座り続けたという。結構稼いだという話だ。でも、宵越しの金は持たない人だった。聞いた話が本当なら、女性歌手にすべて、いや、それ以上のものを貢いでしまったのだとか。

この部屋にこれだけの人がいて、ほとんど全員が親族で、近くに住んでいて、それなのに祖父がなぜ、しかじかの行動を起こしたのかを知らなかったのと同様に、順序も定かではなかった。さっきから大騒ぎでこのことについて議論しているのだ、老いも若きも。家から出なくなり、お祈りばかりするようになったのが先だったか、朝から酒をくらうようになったのが先か？　他の人についてなら、「まず飲むようになって、それから反省したはずだ」となって議論に終止符が打たれるところだが、僕たちが話しているのは、あの祖父のことである。僕たちの知りうる限りで最も内に閉じこもった、最も奇妙な人物。

僕の父は、祖父が夜な夜な家を出て、朝まで戻ってこなかった時のことを覚えている。ある夜、叔父と一緒にあとをつけてみたのだという。余所に女がいるとか、別宅があるのではと疑念を持ったのだという。祖父は朝まで町内の通りという通りを歩き回っていたらしい。その後、勇気を振り絞って、――でも何も知らないふりをして――朝まで何をしているのかと訊ねたら、「じっとしていられんのだ」と祖父は答えたという。「眠れんので、外を散歩しているだけだ」と。誰の思いつきかは知らないが、夕食に睡眠薬を混ぜたことがあるという。すると、今度は夜中に絶叫して起きるようになってしまったらしい。

「父さん、医者に行こう」と息子たちが言えば、怒り狂って「わしは頭がおかしくなってなどおらん、なにが医者だ、このうつけ者どもが！」と責め立てた。父たちはぐうの音も出なかったという。

僕らの住むこの辺りには、頭のネジが緩い人が多い。その人たちのことに言及する時、人はつい顔がゆるみ、使う言葉もバカにしたものになる。祖父が頭のネジの緩い人ではなかったことは、そのことからも窺える。祖父の言動について話すほうも聞くほうも、顔をしかめるのだから。死人について話しているからではない。生前とて同じだった。ここ何年も、祖父の名が脳裏に浮かべば、厚い煙と人生を倦む空気がひろがっていた。同情しているわけではない。僕たちの抱いているものは、同情などとは違う種類のものだ。僕たちは祖父のことをこれっぽっちも理解もせず、知りもせず、受け入れることもなかった、ということなのではないか。祖父が僕たちに残した唯一の遺産、それがこれだ。まったく喋らず、笑わず、退屈しながら窓から外を眺めてばかりで、年老いた不幸せな人と同じ屋根の下で育った者は、逃亡の恩恵にあずかることもない。行った先々や逃げ込んだ先にまでついてきて、愛し、愛し合った人たちまで息切れさせるのだ、この空気は。

ごくごくたまに家に電話して話のついでに祖父のことを訊ねても、治りもしなければ悪化するわけでもない万病であるかのように、「知ってのとおりさ」と毎回父は繰り返した。僕が知っていたことなど、実は無に等しかったのだが。父だって同じだ。祖父は全く喋らず、何ひとつ興味を示さなかったのと同じく、病気というものをしたことがなかった。家での祖父の存在は、動かなくなってしまったけれど、捨てるのも忍びない戸棚付きの時計と何ら違いはなかった。このように、幽霊のような存在であるにもかかわらず、家族、親友、親戚は皆、祖父のことが好きだった。好きであるということを知らずに、好いていた。祖父は昔からずっと家にいて、僕たちの隣にいて、「ここ」にいたし、昔からずっと奇妙だったし、手にキス［2］をすれば驚き、そして、怒った。いつだって何か言いたそうに見つめる。まるで、頭に去来するものをうまく言えない、とでもいうように。

人は変化を嫌うものだ。古びた屋敷も、朽ち果てた水汲み場も、在りし日のままであってほしい、それらを見た時、過ぎ去った日々を思い出し、そこに自らの姿を見いだしたい、人はそう願うものだ。祖父の存在は、僕たち家族にとって不変性の道標だった。家族の他の成員たちもそうであったように、僕もまた祖父を愛した。愛していなければ、後悔の念など抱くはずもない。なぜ、一度でいいから祖父のあの様子の正体を探ろうとしなかったのか、祖父の沈黙のこと、祖父とは何者であり、何の影だったのかと、好奇心たっぷりに興味を示さなかったのか？　僕がもしそれらのことに関心を示し、問い、祖父に語らせることができたなら……。祖父は応えてくれただろうか？　おかしな話だが、祖父がその問いに応えてくれていたなら、僕のこの孤独にも、打つ手が見つかったのではないか、僕はそのチャンスを逃してしまったのではないか、そう思える

［2］相手の手の甲に身を屈めてキスし、その手を自分の額につける、年長者に対する敬意を込めた挨拶。

のだった。後悔の念は明日には消えてしまうだろう。孤独は残るとしても。孤独はずっと僕の傍らにある。

皆が話している話は、どれもこれも、今までに繰り返し耳にしたことがあるものだった。ただ、その逸話だけは初耳だった。セラーハッティン叔父さんが言うには、祖父は「胡桃嫌い」の名で呼ばれていたらしい。この辺りでは、胡桃といえばお茶受けの筆頭なのだが、祖父は口にしなかったという。隣で誰かが食べることにも我慢がならなかったほどで、誰かが胡桃を食べ始めると、その場を立ち去ってしまったのだそうだ。僕の怒りっぽい性格は、祖父から受け継いだものだと思う。僕は誰かがひまわりの種を食べ始めると、隣にいられないのだ。あの規則正しい「パリポリ」とした音で、脳みそに穴があいてしまう。胡桃を食べる時も音が出ただろうか？　胡桃の殻を割る時なら音は出るが、決して規則正しいというわけではない。むしろ、不規則な「バリバリ」とした音がするだろう。となると、胡桃を食べている人が周りにいることで、なぜいらいらするのか？

確かめるために、セラーハッティン叔父さんに僕は再び訊いてみる。

「確かに爺さんは食べなかったよ。勧められるのも、傍で誰かが食べることも嫌っていたよ」

故人に向かって誰も「風変わり」だとか「気分が悪い」とは言えないが、誰もが皆、祖父について、他の人を出し抜ける類の逸話を披露してやろうと躍起になっている節があった。この田舎町の長く静かな日々の後、あろうことかこんな別れ方！　祖父は決して好まなかっただろう。僕には確信がある。でも、何もできはしないのだった。

皆の話で昔の思い出に浸っていると、客間のドアから母が目配せをして僕を呼んでいるのを見て、僕は我にかえって立ち上がった。

「アイテン夫人をご自宅まで送って行ってくれる?」

母にそう言われた。母は僕の返事を待たずに、こう付け加えた。

「あなたも外の空気を吸っていらっしゃい。こっちに来てから退屈したんじゃないの?」

こんなふうに母は思慮深いのだ。僕を楽にさせておけば、長居するのでは、と望んでいるのだ。

「もちろんいいよ」と言って、僕はポケットの中を探った。父のおんぼろ車の鍵は僕が持っていた。僕が靴を履いていると、目を赤く腫らした色黒の六十代から七十代の女性と一緒に母が戻ってきた。サーリヒもその女性を見ると僕の隣に姿を現した。

「おまえは残っていろよ。こっちで何かあればおまえが対応してくれ」

僕がそう言うと、従弟は機嫌を損ねたが、僕はなんといっても奴の兄貴的存在なのである。彼は僕の言うことを聞かなければならない。

アイテン夫人が母に「結構ですのに。そのあたりで乗り合いバスに乗って帰れますから」と言っているのを聞いて、僕は薄手のコートを羽織って外に出た。僕の決然とした態度を見ると、彼女は何も言わず、振り返って母を抱きしめ、ひとしきり両手で母の頬を包み、同年代の相手なのにまるで小さな女の子を相手にするように、母の髪を慰めるように撫でた。僕は奇妙な感覚に襲われた。首筋から背中に向けて、何かが降りていった。

外はまだ暗くなる時間ではなかったが、あたりはどんよりとしていた。地表近くまで降りてきた黒ずんだ灰色の雲の中に、砂塵の黄色や強い太陽光が見え隠れしていた。しまいには、雨が降ってきた。雨はべたつく黄色がかった濁った液体となって、僕たちの頭上に注がれていた。祖父ならもっと澄んだ雨を好んだだろうな、と僕は思った。そう、山の頂に降るような類の雨だ。すると、例の金属製のコップのことを思い出した。祖父の好む雨が降っていればよかった。

アイテン夫人は車の助手席に乗り込むと、左手で僕の腕を押さえつけ、「手間をかけてごめんなさいね」と言った。彼女の声のトーンは、触れた手と同じく、力強いが温もりがあった。

「とんでもないですよ」と僕は応え、その後は言葉を継ぐことができなかった。視線が合うと僕は黙ってしまった。彼女の瞼は赤くなっていた。行き先を訊ねると、表通りに出るところで、町はずれの地区のうちの一つの名前を彼女は告げた。

父のおんぼろ車は、ガソリンと雨に濡れた服の匂いが混ざった胸やけするような悪臭に満ちていた。それは、よく知った馴染みのある匂いだった。何かを思い出そうとしたが、心が焼けるというのではないものの、息苦しさを感じた。ほんの一瞬の出来事だ。どの道を通ったらいいか尋ねようかと思っていると、

「あなたのお母様もとても丁寧な方だけど、あなたも同じね。ありがとう」と言った。

「僕の役目ですから。御足労くださったんですし」と僕は言った。

「それこそ、私の役目でしたから」と言って、彼女はゆっくりと頭を反対側に向けた。祖父の窓際でのあのいつものポーズが脳裡に浮かんだ。二人の間の繋がりが何だったにせよ、二人の邂逅はとても遅くやってきた、ということなのだろう。何年もの間、窓際で祖父が何をしていたのか、僕はその時、理解したのだった。祖父は待っていたのだ。時が過ぎ去るのを。あるいは、時がやってくるのを。

「祖父とはお知り合いなんですか?」

僕は尋ねた。僕は会話をしたかった。雨やワイパーのギーギーする音や、祖父の思い出に耐えうるためには、会話をしている必要があった。それに、サーリヒほどではないにしても、僕も祖父と彼女の物語に興味があった。

「お母様からも訊かれたわ、今日。お母様にもお話ししたのよ。私の娘がね、お宅の近くに住んでいましてね。孫を連れて公園によく行くんですよ。そこで知り合ったんです、ジェミルさんとは」

彼女は黙った。僕の腕に触れて、

「あなたに言いたいことがあるわ」と彼女は言った。

「どうぞ」僕は言ったが、彼女はひとことも言葉を発しなかった。

雨は本降りになってきた。鼻をすする音が聞こえたが、彼女のほうを見ないよう視線を逸らし、道に目をこらした。前の車の窓ガラスの印に集中した。僕は彼女が話し、語ってくれるのを待っていた。彼女も語りたがっているようなのだが、僕はまた彼女に泣かれてしまうのは遠慮願いたいと思っていた。

「孫がね、走っていたら転んでしまって」

しばらく後になって彼女が言った。

「抱っこして慰めようとして、かわいいかわいい孫に向かって、まったく気づかないうちに子守唄を歌っていたのね。ジェミルさんは、私たちの傍を通りかかった時、聴いていたのね。一、二歩近づいてきて、挨拶してくださったの。『ご出身はどちらですか?』って。私は最初、ためらってしまって……」

「なんでまた、ためらったりしたんですか？」

「その……」彼女の声が低くなった。

「なんといっても見ず知らずの方ですもの。それに、トルコ語ではなかったもので、その、私が歌った子守唄というのが。私たち、あの町の出身者といえばこの辺りでは……」

「あっ！」

僕は言った。すぐに、「わかります」とか、そんなようなことを口ごもった。

「ジェミルさんが私の隣にお座りになって、子守唄を聴いたことがあるとおっしゃってね。なんでも、随分昔のことなのだそうですけれど、思い出されたとかで……」

半時間前に隣の部屋から聞こえてきた声を聞いたような気がした。聞く者の心を焦がし、体の中をヒリつかせる声。しかし一方で、優しく撫で、慰めてもくれるような、そんな声。子守唄でもあり、挽歌でもある。

「どこの村の出身かと訊かれたので、答えたら……」

彼女はそう言うと、また黙ってしまった。

彼女の人さし指が目の端に移動したのを僕は横目で捕えた。彼女は続きを語ってはくれなさそうだった。僕も無理に言わせまいと心に決めた。誰もが一から十まで知っていなければならないという道理もなかった。

「あなたに言いたいことがあるの、優しいあなたに」

もう一度、彼女が言った。

「ええ、どうかおっしゃってください」と僕。すると彼女は頭を反対側に背け、また黙ってしまった。今度は僕も粘った。ただし丁寧に。

「何かおっしゃりたいことがあるんですよね」

「これから話すことは、あなたのお母様たちにも話さなかったことなの……。言えなかったのよ」

「ええ、わかります」と言おうとして、僕は頷いた。

胸に抱いている鞄からハンカチを取り出し、鼻を拭いた後、彼女は「ジェミルさんは……」と言ってから、「故人は」と付け加えて、先を続けた。

「ある日、私たちの隣に腰かけて、そのままお話しをしたことがあったの。孫がぐずり始めてしまって。知らない人が来て座っているものだから、『帰ろう』と言って聞かなくて。『これ、恥ですよ、だめよ』と言ったものの……。立ち上がる仕草をして孫のマフラーとベレー帽を直したのだけれど、どうもお尻が重くて。たとえ公園とはいえ、お客様にあたるわけでしょう……。何かおっしゃりたいことがあって来てくださったみたいだし……。大の男の方がねぇ……」

彼女の声のトーンはこわばりがあった。僕らは同じ言語を話していたし、それぞれの単語も互いに近い意味があった。でも、正体はわからないながらも、何かの妨害や起伏があり、僕らの間には越え難い「余所者同士」の壁があると僕は感じていた。センテンス同士を結びつけることを困難にさせる砂粒。彼女は今にも話すのを止めてしまいそうに、言葉を新たに繋いでいた。アクセントやイントネーションは違わない、より深い、単語やセンテンスが孕み持つ、魂レベルの違いなのだろう。例えば彼女が「お客様」という時、それは僕の知っている「お客様」と同義だろうか。確信が持てない。彼女の言う「恥」という言葉は、僕の知っている内に秘めた「恥」とは違うものだ、間違いなく。狭苦しい部屋のか弱い光の下で、分厚く埃まみれの辞書の中のちっぽけな単語たちが、彼女の口からお伽の国の広々とした無限の水平線を身にまとって出てきた。しかし僕が感じていたのは、眠りにつこうとして物語に耳を傾けている子どもの軽やかさではなく、見知らぬ世界に墜落してしまった物語の中のヒーローが感じる不安だった。

「彼は、右手を握りこぶしにして口もとに押し当てていました。私は孫と喋っていたのでわからなかったのね。振り返った時、その姿に気がついたの。驚いたわ。大の男が、拳骨をかじっているような仕草をするなんて。私たちの村では、私たち女がそういう仕草をするものなのよ。悲しいのに泣けない時、泣いてしまったら最後、泣きやめないような時に……」

彼女は黙った。今度は彼女が手を拳にして口もとに持っていくのではないかと思ったが、彼女はそうはしなかった。

「また別の日もお爺様をお見かけしたわ。挨拶しながら私たちの前を、そして横を通り過ぎて。時には、遠くにいらしたわ。姿が見えない時でも、どこかで私たちを見ていることに、私は気がついていました。わかるものなのね、人って」

「不安にならなかったですか？」と僕は訊いた。彼女の答えを待たずに、「誰かを傷つけるようなことはしない人でしたけどね、祖父は」と付け加え、さらにこういった。

「僕が物心ついてから、祖父にはそういうおかしなところはありましたけれど」

彼女は震える顎に皺を寄せて、頭を横に振った。僕の発言に納得がいかないとでもいうように。

「そうですね」ではなく、「あなたはそう思っておいでなさいな」とでもいうような目線。

「ある朝、またいらして私の横に座ったわ。孫は少し離れたところでお友達と遊んでいました。挨拶もしないまま、『あなたの故郷で私は兵役についたんです。一年以上いました』とおっしゃいました。私の家族や親戚で、知った人でもいるのではないかと、『いつのことです？』と尋ねたんです」

彼女は沈黙した。顎の震えがひどくなっていたようで、下唇を噛んでいた。雨は激しさを増していた。ワイパーのスピードは、降り注ぐ汚い水をガラスから拭うのに追いついていなかった。僕たちの視界に広がるのは、濁った大通りだった。赤いブレーキランプ以外、何ひとつ視界がはっきりしなかった。

話せば汚れた水が止むかの言うように、「何年のことだったんですか？」と僕は尋ねた。

彼女は答えなかった。身体を震わせながら、彼女は泣き始めた。僕は車を道路脇に停めた。どうしたらいいかわからなかった。ワイパーが動きを止めると、ガラスに勢いよく降り注ぐ汚い水だけが視界に映った。世界は流れる汚い水だけで成り立っていた。ほんの少し、僕の目の端にもそれが溜まった。僕は、手にキスしようとして彼女の手を包んだ。実際にキスをしたのだが、僕がその手を額に持っていく前に、彼女は手を引っ込めてしまった。僕が頭をかがめたら、視線を逸らしてしまうと思った。彼女はそっと僕の顎を掴んで、僕の頭を持ち上げた。

「聖フズル様［3］、どうか故人の垂れた頭をあげさせてください。哀しみも苦しみも忘れさせてください」

［3］トルコおよび中東の神話に出て来るイスラームの聖人。

彼女は、僕の母にそうしたように、僕の頬を手のひらで包んだ。彼女は今、身体を震わせないまま泣いていた。細い川が二本、彼女の皺くちゃの頬を下っていった。僕たちはしばらくそのままでいた。彼女は僕の髪を撫で、何かを呟いたが、僕にはよくわからなかった。僕の顔から手を離さず、僕の目を覗き込みながら、

「上官が、『弾丸は高価だ』と言ったんですって」

彼女はうわ言のように言った。

「だから、銃床で殴ったんですって、子どもたちのことを……それから……」

僕はもう彼女に続けてほしくなかった。一度始まると、雨も涙も止むことを知らないから。祖父も同じだったのだろう。長い長い年月の沈黙の後、一度始めてしまえば、最早黙ってはおれなかったのだ。

「弾丸を無駄にするな、銃も壊すな、そう言われて、今度は樫の木の切り株で……」

重荷

アイフェル・トゥンチュ

そこに行く前の私たちには、何かしら災難を引き起こしてやろうなどという意図はなかった、絶対になかった。そもそもあのような事態は想定外だった。こちらが質問し、相手は答えたければ答えるし、そうしたくなければ答えない。最悪の場合でも私たちを家から追い払うだけ。私たちはそう考えた。

もちろん、話はそれほど単純ではない。結局のところ、私たちは「名誉の勲章」のドキュメンタリーを撮っているわけじゃないのだから。出かける前に私たちは入念に打ち合わせをした。どうやって訊ねるか、「作戦」と言うべきか、あるいは「虐殺」と言うべきか、など。質問する際、どういう単語を選ぶのかはかなり重要なこと。「民族絶滅」という単語の選択肢には触れなかったほどだ。真実のカーテンは鉄製だから、下敷きになれば潰されてしまう。そもそも、歴史家にとって最も悲劇的な部分というのも、そこにある。開けようとしたそのカーテンの下敷きになってしまう歴史家たち。このような歴史家たちの歴史は、誰も書くことがない。

ネイイレ夫人のもとを訪れる前、私たちは議論に議論を重ねた。正直になって「作戦に参加した将校の一人であるあなたのお父様が、五万人以上の女性、男性、子ども、老人、さらには赤ん坊を殺害した責任者の一人か否か、あなたはどうお考えですか?」と、真正面から訊こうじゃないか、という意見が出た。でも、彼女はかなりの高齢であり、八十年間、父親は誇り高き将校であると信じてきたのだから、そんなふうに正面から質問するのは残酷である。

一方、なんとか手を尽くしても質問をぶつけることができなければ、千年間磨きあげられてきた名誉の勲章の研磨作業に、私たちも加担することになってしまう。私たちの目的は絶対そこにはないのだ。それならば、表現をやわらげた上で質問をぶつけてみよう、という意見がでた。「一部の歴史家が言うには……」という形で始まる文章を組み立てて、私たち自身を中立的な立場のように見せかける……。もちろんこれは嘘っぱちである。私たちは中立的なんかじゃない。私たちの目的が真実に到達することにあるのだとしたら、私たちは真実の側に立っている。つまり、なんらかの「側」にいるということになる。

私たちは誠実だったか？　誠実であることが、どこで始まりどこで終わるのかという議論をするつもりはないが、はっきりと言えるのは、そう誠実だったわけではないということだけだ。ネイレ夫人の家の扉を、嘘で固めて開けたのだから――。ある種の扉は、誠実であるだけでは開かれない。老女の家に入り込み、彼女が生涯信じ続けてきた嘘を粉々に打ち砕くかもしれない質問を投げかけ、真実の鉄のカーテンをこじ開ける証拠書類に目を通そうとするなら、まずは本人の信頼を勝ちえなければならない。誠実であるということは、それほど簡単なことではないし、それどころか、歴史の暗黒のページが俎上に上がっている場合、誠実さは真実にとっての敵になりうる。確かにこれは、矛盾した状況だ。真実に到達するために、誠実な方法をとらないというのは。でも、真実と誠実であることとは、常に同じ線上にあるわけではないのだ、残念なことに。

これから会おうとする人物に、「共和国史上、最も血なまぐさい虐殺事件の一つについてのドキュメンタリーを制作しています。そこで、その虐殺事件においてあなたのお父様が演じた役割についていくつか質問をさせていただきたいのですが」とは言えない。言ったとしても、相手は質問には応じまい。なぜかって？　その質問を発した瞬間から、私たちは相手の目には敵として映るから。自分が信じているものをぶち壊そうとする敵となど、どうして口をきく必要があるだろうか。

彼女だって、自分自身に問うてみたはずだ。二兆五億秒以上生きてきた人生のどこかで、一秒の十分の一ほどの短い瞬間、「もしかして?」と問うたのではないか。もしかしたらそれは夢の中だったかもしれないし、無意識だったかもしれないが、でも、間違いなく問うたはずだ。そして、人生の残りの時間は、そのごく短い瞬間を忘れるために過ごしてきたのかもしれない。

そのようなわけで、味気のない、平凡なタイトルを選ぶことになる。インタビューしながら、徐々に質問を重くしていけばいいのだから。最後に持ってくるべき問いを、冒頭で訊いてしまえば、手ぶらで帰る確率は高まる。だから、インタビューする相手の精神状態に注意し、血圧を一定に保ってやることが必要である。それでもなお、最後まで行きつけるかどうか、甚だ不安ではある。必ずや、インタビューの主題が何であるのかに相手が気づく瞬間がやってくる。その瞬間に、われわれに対する信頼は一気に失われることになる。これはこの仕事の代償なのだ。真実の鉄のカーテンを開けようとする時、自分が失った信頼によって、自分を汚物のように感じるということ!

とは言うものの、名誉の勲章を授与された虐殺者たる将校本人ではなく、彼のことを国民のために命を捧げんとした愛国者であると信じ、この名誉に相応しい人生を生きようとたゆまぬ努力をしてきた、彼の娘と孫に私たちはこれから会うのである。

ネイイレ夫人の娘のセラップ夫人に電話をかけた時、「歴史上もっとも血なまぐさい軍事作戦に携わった将校たちにまつわるドキュメンタリーを制作しています。そこで、お母様とお話をさせていただきたいのですが」とは言わず、「軍事作戦に加わり、名誉の勲章を授与された将校たちに関するドキュメンタリーを制作しています」と説明し、詳しいことには触れないでおいた。セラップ夫人は飛び上がって喜んだ。祖父の名誉の勲章が、歴史に刻まれるものになると思ったのだ。認めなければならない、これは倫理的な態度とは言えないということを。

ところが、インタビューは全く予期しなかった形で進んでいった。化学反応のようなものだ。他になんと表現したらいいのか見当がつかない。あるものと別のあるものを掛け合わせると、突発的に爆発が起こることがある、そういうことだ。でも、私たちのほうに罪はない。意図はあったにしても、罪はない、本当に。

ネイイレ夫人は自ら箱を開けたのだ——。光が満ちた時、中にあった何かが爆発した。ある意味、仕事がしやすくなった。おかげで私たちは自分たちのことを汚物のように感じる原因となる、あの「信用が失われる瞬間」を過ごさなくて済んだ。とはいえ、やはりかなり衝撃的ではあった。人間性がズタズタに引き裂かれる瞬間の証人になるということは。しかも、虐殺者の将校の娘が、ではない。ズタズタにされたのは、孫のほうだ。彼女は二度と立ち直れまい。

誰しも不安になって当然だ。インタビューする相手にまつわる秘密の質問を抱えているなら。ここはそういう国だし、そういう時代だ。私たちが作り上げてきた分厚い鉄のカーテンのあちら側に隠してきた歴史というものがある以上、私たちに他に方法はなかった。行けるところまで行ってみる。私たちはそう決めた。「一部の歴史家によれば……」という決まり文句から出発して、あの血なまぐさい虐殺事件へと話を持っていくつもりだった。結局のところ、胸に飾られた名誉の勲章は、全て血塗られたものには違いない。

しかし、砂糖でコーティングしようとしたこの問いを発する順番は、巡ってこなかった。セラップ夫人が私たちの周りで腰巾着のように張りついていた。紅茶を淹れたりケーキを持ってきたりしては、「召し上がってくださいな、どうぞどうぞ……」

私たちの職業の大変さについて語り、賛辞を浴びせてくる。しかも、心から。この仕事の最も汚い部分がこれだ。辛い質問を用意している相手が、こちらを賓客のように扱ってくれる。紅茶もケーキも結構です、すいません、私たちはあなたの心を締め付け、あなたを苦しみの底へ、悲しみの渦の中へと沈める質問をするために来たのです。

そう叫びたい衝動に駆られる。

カメラマンに向かって私は言った。「まずは写真を映像に収めましょう」。事態がどう進展するかわからないので、念のため。追い出されるようなことがあっても、少なくとも写真だけでも記録に残しておこう、という魂胆だ。

そこには重要な写真がいくつかあった。その中には、虐殺の証拠となりうるものもあった。名誉の勲章を授与されたネイイレ夫人の父親は、山賊の頭を潰して、歯を剥き出しに微笑んでいる。

痛々しいのは、セラップ夫人が家族アルバムやら祖父の数々の勲章をテーブルの上に並べ、この名誉ある歴史を世界に知らしめんがために、私たちの仕事をせっせと手伝ってくれることだった。

ネイイレ夫人の理解力については、正直なところ確信が持てなかった。彼女はすでに齢八十三である。このことを甘く見てはいけない。認知症が始まっている可能性が高い。ところが、この心配は杞憂に過ぎなかった。彼女の理解力は新品そのものだったし、記憶も確かで、頭もしっかりしており、精霊のごとく利発だった。

まずはご機嫌をうかがう序章として、

「橋の渋滞ぶりがひどかったです」

「この街はどんどん住みづらくなりますね」

次に、

「こちらに座っていただきましょうか」

「マイクをつけますね」

「照明をあてますね」

「肘掛椅子をここにずらしても差し支えありませんか？」

もちろん、あるわけがない。完璧な舞台を作り出すために、家をしっちゃかめっちゃかにする自由が、私たちにはあるのだ。

「どこで、いつ、お生まれになったのですか、ご家族のお話を少し訊かせてください、子ども時代のお話などを」

インタビューはこのようにして始まった。私にとっては非常に落ち着かない時間である。なぜなら、彼女の返事など、どうでもよかったのだから。いくつかの文章を話す間に心を緩ませ、徐々に気持ちを開いてもらうための、ウォームアップ用の質問だった。ところがネイイレ夫人ときたら、私の発した質問に、驚くべきレベルのクリアな返事を返してきた。簡潔かつ明瞭、わかりやすく、しかも必要に応じて詳細に。

この老女は、まさに父親に恋している状態だった。この地球上に、自分の父親以上に良き父などおらず、どんな父親であっても、彼女の父親ほど子どもたちを愛してはいないなどと彼女が言うにつれ、当の娘の表情も誇らしさで輝いていき、片や私の心は締め付けられていった。名誉の勲章を授与された父親が、死体の頭上でポーズを決めている数枚の写真を、この老婆の目の前に突きつけてやりたいという衝動を堪えるのに私は必死だった。

インタビューの出来について言えば、父親に対する愛を心の底から語り、父親のことを英雄として称賛し王冠を授与するこの愛に、私は戸惑っていた。一方で、死への階段まであと数歩というところで、彼女の人生を内部から蝕んできた良心の呵責という重荷から、彼女は解放されたいと思ったのだと、私は考えている。あの瞬間に心を決めたのだろうか？　それとも、何年もかけて考え抜いてのことだったのだろうか？　私にはわからないし、今後知ることもないだろう。

実に奇妙でありながら、驚愕の終幕は、母親の死について質問した時に始まった。

「事故ですか、ご病気ですか？」

子どもの頃のことや家族の関係について話してもらい、話を父親のほうに持ってこようとするための、それとなしに訊いただけの質問だったのに？――。今になって考えてみるのだが、私は自身のキャリアにおいて、成功してきたとはとても言えないほうである。質問する際、問いの行間に何食わぬ顔で必要なメッセージを込めることはしなかったと思う。真実の鉄のカーテンは、棚から牡丹餅方式で降りてきたのであり、私がそれに貢献することはなかった。

最初は沈黙が返ってきた。もう一度訊ねてみた。またもや沈黙。沈黙が長引くと、セラップ夫人が返事をした。

「おばあちゃんは病気だったのでしょう、お母さん。いつか話してくれたじゃない。出産したばかりで、産褥熱で助からなかったたって」

するとネイイレ夫人は口を開いた。

「嘘をついたの……」

こうして始まったのだ。これが、爆発前の瞬間である。

セラップ夫人は戸惑っていた。あたかも、とても背負いきれないほどの荷の重い家族の秘密の到来を予期したかのようだった。何のことやら、彼女にもわけがわかっていなかったことは、私にも理解できる。それは確かだ。彼女の驚きの表情がそれを物語っていた。それでもなお、語られてはならないこと、いや、忘れさられた場所よりももっと深い場所に埋めなければならない何かがあるのだと感じたようだった。だから、彼女は話題を変えようとした。

「どういう死に方であれ、死んだものは死んだのよ、この質問はこれでおしまい」

だが、ネイイレ夫人はおしまいにするつもりはなかった。母娘は、押し問答を始めた。セラップ夫人は、母親の決心が堅いことを見てとると、インタビューを終わらせようと躍起になった。

「お帰りください」と私たちに言った。私たちは去らなかった。そうすると今度は、認知症になったのだと母親を責め始めた。私たちに向かって、母親は分別を失くしてしまったのだと信じさせようとしたが、無駄だった。

ネイイレ夫人は、唐突にこう言った。嘘偽りのない言葉で。

「母は、父の銃を奪い取って自分の頭に銃口を向けると、引き金を引いたのよ」

娘は、「違う！」と叫び声をあげた。爆発の瞬間。

母は、もう一度、別の言い方で繰り返した。

「母は、父の、銃で、自殺、した」

句読点……。

続いて、大爆発——。

名誉の勲章を授与された将校——彼女の父親——は、軍事作戦をようやく終えて帰宅した。家ではご馳走が用意され、多くの客で賑わっていた。子どもたちでごった返し、親戚という親戚がテーブルを囲んでいた。ネイイレ夫人は当時九歳だった。石炭のストーブが、「ギュッ、ギュッ、ギュッ」という甘やかな音を奏でながら燃えていたことや、お米を詰め込んで焼いた子羊の肉が、テーブルのほとんどの場所を占領していたことを、よく覚えているという。彼女の父親の栄誉ある帰還を祝って、若いほうの叔父が子羊を用意させたらしい。まだ生後二か月の一番年下の弟は、母親の胸に抱かれ、目玉のお守り［4］を肩に付けられ、すやすやと眠っていた。父親が無事に戻ったので、家は幸せな空気に満ちていた。掴もうと思えば掴めるぐらいに、家じゅうに幸福感が濃厚に漂っていたという。

大きな子羊の肉を皆で食べた。

彼女の父親、父親の兄弟たち、その子どもたちや妻たち、祝福に駆けつけた軍人仲間や町内の友人たち、その妻たち、皆がお喋りに興じていた。

油断大敵だという声があった。敵は内にもいるし外にもいるとか、内部の敵のほうがずっと危険な存在だとか、祖国の胸もとに巣を作り、その血を吸い取る連中の話だとか。殉教者たちの血がまだ乾かぬこの湿った祖国の領土の不可分性だとか、我が国民は百歳の母親からいまだ生まれぬ赤ん坊にいたるまで、全員が兵士だとか、祖国のためなら命を捧げるべきだ、などといった会話が交わされた。

軍事作戦に参加し、名誉の勲章を授与された彼女の父親は、山賊どもの息の根をどのように止めてみせたか語り始めた。しかも、微に入り細に穿ち。山賊たちのうちでも子どもたち、とりわけ妊婦を殺す必要がある、我が国民の存続を邪魔する孤児たちが生まれないようにしなければならない。だから、祖国の反逆者たちを封じ込めるには妊娠した女たちや子どもを始末する必要がある、と。皆が興奮の面持ちで父親の話に賛同の意を表していた。

その日は遅い時間まで客人たちは帰らず、飲んだり食べたりしていた。彼女の母親は、夜通し口を閉ざしたままだった。彼女の沈黙の意味を、興奮と喜びのせいだと解釈した。

夜、客人たちが帰ると、彼女の母親はひとしきり静かに胸に抱いた赤ん坊を見つめていた。その後、赤ん坊を寝かしつけると、食卓に座った。

母親は泣き始めた。

「赤ん坊たちまで殺したのですか？」

「妊娠した女性たちも殺したのですか？　よぼよぼの老人たちも？」

彼女の父親はひどく戸惑っていた。彼が期待していたのは尋問ではなく、称賛だった。妻には、自分の勇敢ぶりを崇め、勲章を授与されたことを誇らしく思ってほしかった。しかし、母親は終始泣き崩れ、「どうして？」と問い詰めた。

［4］　ナザールボンジューという目玉を象ったお守りで、邪視から守ってくれると信じられている。

「どうして、赤ちゃんたちを殺したんですか？」

父親は叫んだ。

「奴らの息の根を止めておかなければ、成長した暁に、この国の国民の頭上に災難として降りかかってくるのだぞ？」

ネイイレ夫人は心がぎゅーと痛んだ。両親が喧嘩するのが嫌だったのだ。

母親は突然、夫の拳銃を奪い、自分の頭に突きつけると、発砲した。すべては数秒間の出来事だった。壁から床に伝う血が、いまだ目の前から去らない、という。

……以上。

ネイイレ夫人は、叫んでいた。

「これでようやく死ねるわ！　ようやく死ねる！」私たちは、老女を娘の手からどうにか引き離した。

先史時代の犬ども

ブルハン・ソンメズ

その夜、手首を切った時、その娘はある歌を口ずさんだ。「見渡す限りの雪、今宵私の心はあなたのもの」[5]

英国のとある小さな町でのこと。それが何度目の自殺未遂になるのかはわからない。恋人が救急車を呼び、娘を病院に運び込んだ。

僕は通訳だった。その娘は医師たちの問いに重い口調で答える。心ここにあらずといった様子で、ザザ語[6]になったりトルコ語になったりしながら話していた。

「私はまだ小さくて、私たちの村も小さかった。ある晩、兵士たちがやってきて、父と母を連れて行ってしまった。二人を同じ部屋に押し込んで、連中は母をレイプし、父にそれを無理やり見物させたのよ。私は姉さんと一緒に何日も何日も待ち続けた。私たちは地平線をじっと見つめていたけれど、見渡す限り雪が降り積もっていた。母と父はある晩、ぼろぼろの姿で出てきた。

この世の苦しみの全てを一人の人間に背負わせるなんて、すごく不公平なことだと思う。母はこの重荷を背負ってはいられなかった。母は、背中に十字架を背負ったまま歩き続けることのできる聖人なんかじゃなかったから。村の近くに崖があったんだけど、母はそこに身を投げた。父は、私たちに何も告げないまま、その日のうちに行方をくらました。どこに行こうとしていたかは知らないけれど、そこに辿り着く前に父は殺された。

姉さんはそのとき十五歳だった。夜は姉さんにしがみついて眠った。私たちはお互いの涙を隠しながらこっそり泣いた。その後、姉さんもいなくなった。村の人たちは、姉さんはいつか戻ってくるって言っていたけど、あの頃の我慢なんてものはまがいものの砂糖みたいなもんだった。人を騙すことはできても、味なんかしなかった。いったいどれだけの季節が過ぎただろう？　ある日死体となった姉さんが戻ってきた。山の人たちに加わって、数か月前に村の近郊で起きた紛争で命を落としたんですって。

私は村で無害な狂人のように生きていた。親戚の人たちが私の面倒を見てくれた。決して山に入って命を落としてはいけないと毎日言い聞かされた。私は朝から晩まで墓を見つめて時間をやり過ごした。その後、私のためを思った親戚の人たちが、英国に住む母の姉のもとへ私を送ったの。虐殺の剣から身を守る盾になれる人なんて、いる?

今、私には英国人の恋人がいる。彼の言語をすっかりものにできたわけではないけれど、私の心は彼のもの。トルコ語でできていた程度のことは、英語でもできる。ある日、私たちは映画館に行った。メル・ギブソンの『ブレイブ・ハート』という映画を観て、私は声をあげて笑い転げた。笑いすぎて涙が出たほど。私の恋人にはそのわけがわからなかった。私自身も、わけがわからなかった。それで、その日の夜、初めて自殺しようと思ったの。一箱分の薬を飲んだわ。

私の子ども時代は、地図上に広がる干上がった川のベッドに似ている。用心して地図を見れば見つけられるわ、あちこちに雪が降っているのを。私はもう力尽きてしまった。母のように痩せ細ってしまった。私はこの苦しみを、罪を、十字架のように背負えない。いとこは、私たちがこの背に負った十字架を下ろせる唯一の場所は私たちの山の中だって言う。私は違うって言った。そうじゃないって。自殺するのが一番いい、見渡す限り雪が降っている時には、って……。

［5］一九六五年にアジダ・ペッカンという歌手が出した歌。タイトルは「見渡す限りの雪」。
［6］デルスィムの人々の間で話される言語。

叔母のところからは去年逃げ出したの。叔母はいつも笑っていて、昔のことは忘れろって私に言っていた。叔母には人に話して聞かせられるような子ども時代もなければ、昔の生活なんてものもなかった。なのに、自殺する勇気もなかった。どうして人は自殺するのを躊躇うのかな、私にはわからない。あなた、試したことある？　あぁ、頭がクラクラする。あの医者たち、すごい量の薬をよこすの。ところであなた、どうして私の言語を話せるの？」

僕の言語もそれだから、と僕。僕たちは、出身地が同じなんだよ。娘は僕の手をとった。私たち親戚なの？　と。声は震え、手は暖かく温もっていた。たぶん、と僕。たぶん……。彼女が初めて微笑んだ。一筋の光が、彼女の瞳に宿った。

「叔母を、叔母を見つけたら、私は元気だって伝えて」

僕は彼女の叔母さんを見つけるには見つけたが、彼女が教えてくれた家には居なかった。四か月前、叔母さんは老人ホームに入り、今や自分の部屋から出るのも難しいのだという。介護士たちの話では、健康状態が悪くなってもなおずっと笑っており、とてもよくお喋りをするのだという。僕は彼女の部屋に入り、窓際の椅子に座った。外で雪が降り始めると、叔母さんは目を開けた。僕は自己紹介をし、エスマ（Esma）からの伝言を伝えた。

「イェスマ（Yesma）は元気？　あの娘の本当の名よ」と叔母さんは笑いながら言った。

「元気ですよ」私は落ち着いた調子で言った。

「元気なら本人が来るはずだけどね」と叔母さん。

「デルスィムくんだりからはるばるこの地に足を踏み入れてこのかた、あの娘がちゃんと眠ったことなんてないわ。夜になると悪夢を見ては叫んでいた。私にしがみついてばかりいないで、我慢ってものを学ぶ必要があるんだってことが、あの娘にはわからなかったのね。いつだって母親の話ばかり私から訊きたがって、私たち姉妹の子どもの頃のことを話してくれって言っていた。でもね、笑うか黙るかするのが一番いいのよ、場合によっては。生きている間ずっと傷口を隠していると、そのことがよくわかるのよ」

「あなた、私の兄さんに似ているわ」老女は微笑みながら言った。

兄さんが死んでからというもの、兄さんを夢で見たことがない。兄さんの指もあなたみたいにすらっと細長かった。名前はヴァレノ、『色黒ヴァレノ』ってあだ名でね。兄さんを最後に見たのは私が十歳の時だった。兵士たちが村の人たちを皆殺しにしているって報せが入って、私たちは裏山の洞窟の中に身を隠した。他の男たちがどこに行ったかは知らないけれど、私の兄さんは白い馬に跨って婚約者の住む村に向かって行ったのを私は見た。

次の日の朝、兄さんは全速力で砂埃をたてて戻ってきた。一人だった。白い馬に乗って山の斜面まで来ると、上に向かって叫んだ。

「戻るんだ！　一番奥まで行って身を隠せ！」

その時にはもうみんな散り散りだった。二十人から三十人程度の女、子どもだけが残っていた。私たちは洞窟の中に戻って、真っ暗闇の中に溶け込んだ。私は石みたいに喉が渇いて、母親にしっかとしがみついていた。外から、山の麓のほうから銃声がしてきた。時間の感覚なんかなくなっていた。とにかく永遠かと思うぐらい長い間、衝突が続いた。

母親たちが「夕方になった」と囁いた。銃声も止んだ。絶対的静寂と絶対的無限。子どもたちはいつだって眠ることができた。私はある夢を見て突然目が覚めてしまった。山の麓から、トルコ語とザザ語をごちゃまぜにした言葉で誰かが叫んでいる。みんな外に出ろって言っていた。私たちは出ていかなかった。今度はお母さんたちが私たちを抱きしめる番だった。

兵士たちが私たちを見つけるのは簡単なことじゃなかった。次の日、外に出てみると太陽の光で目がしょぼしょぼした。恐怖と喉の渇きが私たちにまとわりついていた。私たちとは似ても似つかない兵士たちが武器を向けて叫んでいた。すると、一人がザザ語で話し始めたのよ。

「待て。じっとして待っていろ。もし逃げようなんて気を起こしたら、そこの山賊と同じようにぶち殺してやる」

山の右側を見ると、兄さんがいた。血まみれで横たわっていて、白い馬もその隣でこと切れて横たわっていた。私は今、笑ってるでしょう。でもね、その時はちっとも笑わなかったのよ。

「この死体はここで朽ち果てる。馬と一緒に、狼や鳥の餌食になる」ってその兵士が言った。私たちは血管まで乾いていて、暑さで肌が焼けただれていた。それから太陽が沈み、あたりを暗闇が支配した。逃げ出さないようにと、やつらは私たちを一か所の洞窟に集めた。暖をとるための火をおこすことは許されなかった。母も他の母親たちも、ずっと泣き通しだった。私は寒さなんて感じちゃいなかった。どんどん、喉の渇きだってなくなっていった。土の下に埋めてもらえないままの兄さんが、私を待っていた。洞窟の暗闇の中で涙と眠りに逃げ込む女たちを尻目に、私はそっとその場を離れた。外では兵士が二人、番をしていた。他には姿が見えなかった。私は身体が小さいのをいいことに、岩場の間を抜けていった。

兄さんのもとまで辿り着いたけど、狼も鳥もいなかった。顔についた血に星たちが映っていた。私は躊躇してしまった。スカートの裾で顔の血を拭いてあげたいけど、そうしたら星も消えちゃうのかな？　って。兄さんの手をとって、私の髪の毛を触らせた。兄さんが私の髪を撫でてくれているような感じがした。一日じゅう、ちっとも泣かなかった私が、そこでは泣いてしまった、しくしくとね。星の位置が低くなり、遠くからやってきた鳥の群れが私たちの周りを取り囲んだ。私は兄さんの指に触れた。一つひとつ。兄さんは立ち上がろうとしたけど、私は「待って」と囁いた。「土をかけてあげる」。兄さんの顔が綻んだ。でも、痛みに歪んだままの唇はそのままだった。下の村で婚約者に会えなかったんだなって、その時わかった。婚約者の代わりに、兄さんの髪に私が代理でキスをした。それから一掴みずつ土をかけていった。私の小さな手で。これでもう、兄さんはゆっくり眠りにつける。安心していいのよ。色黒ヴァレノの次は白い馬の番。馬にも土をかけてあげるつもりだった。馬だって、狼や鳥の餌食になんかさせない。夜だから大丈夫、朝までまだまだ時間はたっぷりある。

背後で足音がした。星たちが一斉に大空に引き上げて行き、鳥たちも飛び立った。振り返って見ると、銃を手にした一人の兵士がいた。兵士は私に近づいてきて、私の腕を掴んで立たせた。彼が何を言っているのか理解できなかった。彼は笑い始めた。彼は習ったいくばくかのザザ語を使って話をしようと試みた。

「Ti Antigone ya?　おまえ、アンティゴネーってわけか？」

そう訊いてきたということは、私を誰かと間違えているようだった。私は口を噤んだ。アンティゴネーというのがギリシア神話に出てくるヒロインだということも、兄さんの遺体に土をかけていたことを咎められていることも、私には知る由もなかった。私は押し黙ったまま兵士を見つめた。彼は私を引っ張って馬の上に寝かせた。そいつは犬のような喘ぎ声をあげながら、私を犯した。私は痛くて仕方がなかったけど、叫び声はあげなかった。兄さんに聞こえてはいけないと思ったから。私の血は、白い馬の血に混ざった。文明、死んだ馬、そして私の十歳。星たちはとっくに暗闇との勝負に負け、空に散って行った。

私は丸二日間、母の胸に抱かれて笑い続けた。女たちも笑えばいいのに、なぜか泣いていた。何日か後、他のたくさんの人と一緒にグループになって汽車に乗せられた。見張りの兵士数名と私たちの、追放の旅が始まった。夜になってみんなが眠りにつくと痛みが増してきた。お腹にナイフが突き刺さっているんじゃないかと思ったほど。誰かを起こそうとしてみた。背中を汽車のワゴンのドアにもたれかけた。横にいた男の子が気づいてやってきた。私より一、二歳小さいみたいだった。痛いのに私が笑っているのを見て、

「君、頭がおかしいの?」と訊いてきた。「違う、私、女になったの。で、もう誰も私をもらってくれないの」私は足の間から漏れてくる血を指で触って、笑いながらその男の子のほうに差し出した。男の子は血の匂いを嗅いで、「怖がらなくていいよ、僕が君をお嫁さんにするから」と言った。彼の名前はジェマルといった。何年もしてから、彼が詩人になっていることを新聞で読んで知った[7]。彼は、ひんやりとした手を私の額に当てた。「君に手紙を書くよ。大人になったら君を迎えに行く」と彼は言った。「迎えに来てね。それで、私をお嫁さんにして」外では犬たちが吠えていた。ジェマルは、「外で犬どもが吠えている」と言った。

娘が生まれた。私に相談もなく、大人たちがエリダ(Elida)と名付けた。それから何年もしてか

ら、詩人のジェマルが、自分の名字のYの文字を一つとったと聞いて［8］これは、私に宛てた秘密の手紙なんだってわかった。だから、そのYの文字を受け取って、娘の名前の前にくっつけた。それで、娘の名前はイェリダ（Yelida）になった。でも、娘は私のことを母親じゃなくて姉だって思っていた。家族がそう決めたから。子どもが子どもを産むなんてないからって。おまえはせいぜいこの娘の姉だって、大人たちが決めちゃったのよ。だから私は笑うだけにしておいた。あとは、何年も経ってから娘に文字を一つあげるだけで満足することにした。私は私立の介護施設で暮らしていた。親戚たちが村に帰る決断をした時、私は一緒に帰りたくないって思った、絶対にね。それで、英国に住むある家族のもとへ送られることになったの。私が出発するとき、イェリダが私に訊いてきた。「どうして私にこの文字をくれたの?」って。「姉の権限よ」そう言って、私は涙が出るまで笑い転げた。先史時代の犬どもが吠えていた。ジェマルの言う通りに。

それから何年も経ってから、孫のイェスマが来た。あの娘は私を叔母だと思っているけどね。真実なんて、ほとんどの場合は一方的なものよ、人生と一緒。イェスマはいつか自殺に成功するでしょうね、私にはわかるわ。そのために、国に戻って山に入るでしょうよ。あそこで、新聞には死者の数としてしか出てこなくて、名前もその人生のストーリーも知られないまま、山に入った者の一人として、人生に別れを告げるのよ。誰もその人たちのために泣いたりなどしない。悪者になる以外の運命なんてない、呪われた子たちさ。あの子たちは一つの物語のためにこの世に来

［7］ジェマル・スレヤ CemalSreya（一九三一〜一九九〇）デルスィム出身の詩人。本短編のタイトルはジェマル・スレヤが、デルスィムから追放された列車の中でのことを、妻宛に書いた手紙の一節からとられている。

［8］元々、"Sreyya"だったが友人との賭けに負けて"Sreyya"からYを一つ取って、"Sreya"とした。

たのよ。でも、気が付いたら背中に十字架が乗っかっていたのね。本当なら、あの子たちの本当の夢は死ぬことでもないし、あの子たちの幸せは殺すことでもない。夜になるとね、ばれないようにって、みんな同じ歌を口ずさんでいるんだよ。見渡す限りの雪、今宵私の心はあなたのもの。

老女は目を瞑りながら、歌詞を口ずさんだ。古びた老人ホームに、死のにおいが充満した。窓の外を見た。外は白銀の世界だった。老女の声は重みのある雪の粒のように速度を落とした。疲れ切った様子で、彼女は眠りに落ちた。僕はしばらく待った。白髪としわくちゃの顔を見つめた。子どもの手、その昔、兄を恋しく撫でたその手に触れてみた。ゆっくりと、毛布を肩までかけた。僕が部屋から出ようとすると、ドアの音で老女は目覚めた。「ジェマル、あなたなの？」と彼女は言った。僕にではない、僕を含む虚ろな空間を見つめて、彼女は微笑んだ。それから再び目を瞑ると、ばらばらになった歴史のページの中へと退場していった。

白頭鷲

ハティジェ・メリイェム

滑らかな飛行。私は今、デルスィム上空にいる。五万人の我が軍が不利な自然条件を理由に山越え不能と判断した、稀にみる急峻な山々の上空で、私は偵察飛行を行っているところである。太陽はちょうど私の真後ろにある。まさに今、日の出を迎えんとするところだ。世界はまだひんやりとしている。大地からむんと熱い空気の波が立ち上るまでは、こうして飛行しながら角度を計測することが可能だ。下を眺めてみる。雪の塊もある。この地域は起伏が激しい。険しい岩山が多い。農業地帯はわずか。あとは小川がある。事態を掌握しているのは私だ。心の中は名誉ある任務を行っていることの誇りでいっぱいである。アンカラは、「この辺を保持することはできない。攻撃が激しい。反撃する間もなく戦死者ばかりを出してしまっている。我々のほうが囚われの身だ」と。囚われの身。軍が、トルコ国軍が、囚われの身。そんなばかな。あってはならないことだ。だから今、私はここにいる。飛行機に乗って。軍を、トルコ国軍を代表して。支配者。私はたった一人。トルコ国軍は支配者。今、私とともに。

私は滑るように進んでいる。地図は右膝に乗っている。経路は赤いインクで印をつけてある。必要もないのだが。全部頭の中に納まっている。下を見る。白いベルトのようなムンズル川。光り輝いている。氷が張っているのだろうか？　今の時期に？　地図上に印をつける。後方に控える下級士官は写真を撮っている。

偵察飛行は大変重要な任務である。「要撃」というのだと、実習で敬愛する我が教官どのたちから習った。「諸君は白頭鷲だ。空高く滑るように飛びながら、獲物を見つけ出すのだ。目を見開いて。大きく見開けば、目が頭の大きさほどになることだろう。目そのものになるんだ。獲物を数千メートル手前からでも見極められるだろう。獲物の喉もとを、相手に気づかれないまま締め上げるだろう」

横になって進んでいる。私は今、目になった。

下界では、羊の群れ。反逆者たちやそそのかされた連中がこの辺にいるに違いない。連中は洞窟で身を潜めるのだ。飛行機の音が聞こえたのだろう。地上からの砲撃に晒される危険があるが、私は恐れてなどいない。私の手元には強力な兵器がある。怪我の危険もあるし死の危険もあるが、それでも恐れてはいない。私の飛行機は私に忠実である。私は撃たれない。我が任務を任務に値するだけの成果を上げるために。父を悲しませる者たちを始末するために。敵の陣地を私の地図に印すために。反逆者たちの、軍の派遣部隊や軍の基地を襲撃した者たちの、法的秩序に従わない者たちの居場所を、マーキングしなければならない。連中の水場となっている小川を、休息所になっている木陰を、礼拝を行っているモスクを、生活している村を、封鎖した道を、私の地図に、マーキングしなければならない。下を見る。

ない。モスクがない。ない。道がない。ない。村がない。五戸から十戸ほどの居住区があるだけ。いくつかの小川。険しい岩場。印をつける。私の地図に。

下界に動き。反逆者どもに違いない。右往左往している。エンジン音が耳に届いたのだろう。連中の居場所に印をつける。逃げて行った方角も。北だ。山の斜面に張り付いている。散らばって隠れる。無駄だ。どれも無駄。明日の朝、我が軍がやって来るのだから。十五機の飛行機で。おまえたちは恐怖を覚えることだろう。ものすごく。おまえたちは、我々を。

父は言う、「我々は共に平和を築いた。その平和に血を混ぜようとしているのだ、向こう見ずな連中だ。残念だ。実に残念だ」この言葉が私をして作戦参加へと駆り立てたのだった。思案することもなかった。まばたきすらしなかった。私は、必要な許可を取得した。

私は雲々の間を行く。臆病者の群れ。敗北者ども。せいぜい逃げるがいい。こんな風に空から来られると、こんな風に龍よろしく、雲の間から飛行機が姿を現すと、怖くなって逃げるのが関の山。橋を破壊する者どもよ。武装化して反乱を起こす者どもよ。この祖国を分割しようと目論む者どもよ。子どもらを兵役に送らない者どもよ。税金を納めない者どもよ。表に出よ。その顔を見せよ。臆病者どもが。

とある旅行中のときのこと、各地を見物しながら父が、健康な人々、整備された道路、作物の植えられた田畑、電気の通った村、工場、そういったものを見たいものだと言ったことがある。父には他にも目にしたい光景があるのを、私は知っている。私のような娘たちを、父は見たがっている。私のように空を飛び、学習意欲と労働意欲のある娘たち。すべての娘たちが、歌を歌い、ダンスをし、計算し、言語を学び、絵を描く、そういう姿を父は見たいのだ。父は、娘たちがかつてのようにカフェスと呼ばれる籠の向こう側で奴隷として仕えることがないようにと願っている。私も同じように願っている。私、私の父。私、私の父。桃の香り漂うあのブルサの町の朝、私は前に進み出て父の前に身を投げ出した。勉強するため、寄宿学校で勉強するため、あらん限りの大声で叫んだことだろう。「旦那様、私は勉強したいんです！」父は、すべての娘が私のようになることを望んでいる。私のように活発に。

前方をコウノトリの群れが行く。群れの中に入ってしまうかもしれない。エンジンや翼、はたまた私の顔にぶつかるかもしれない。私は怖くない。飛行機用サングラスをかけている。サングラスが目を守ってくれるはずだ。パイロットにとって致命的に大切な器官が目だ。一番初めの授業でこのことを言われた。他の生徒たちがちゃんと覚えているかはわからない。私は脳裏に刻んだ。私は授業の内容をノートに書き写すだけじゃない。頭に、記憶の中に、二度と消えないよう縫い付ける。

私の目は高度計を凝視する。威嚇射撃を食らいたくはない。少し高度を上げる。空気が薄くなる。こうなるとエネルギーが落ちてしまうのだが、昂揚感でそれを打ち負かす。指標となるいくつかの場所を再チェックする。地平線に対して水平角度である。油温は平常。油圧も平常。発電機、ピストン、シリンダー、これらも短剣のごとく動いている。向かい風が微かに吹いてくるが、たいしたことではない。大地がゆっくりと温まってゆく。太陽が、今まさに昇ろうとしている。

父と行ったあの開会式。父と並んで座った。空中で宙返りやアクロバティックな動きをするグライダーを見つめていた父。私は父を、父のメラメラと燃える瞳を、グライダーを見つめる瞳を見つめる。その時私はグライダーになりたかった。これほどまでに彼を幸せにできるなら。私も父を幸せにできたら。グライダーを見つめる父の食い入るような、焦がれるような視線。父が私のほうを見て輝くばかりに笑った。「おまえもやってみたいか？」そう唐突に言った。「お父様はお望みですか？」私はそう答えた。父が望むかどうか。そのほうが重要だった。父が望むなら、私は、グライダー。なる。なんにでも、なる。

時計を見る。ちょうど時間だ。帰路につく。空路、高度、燃料レベルは平常。二十分から二十五分程度さらに飛行可能な余力すらある。方角は中心。着陸する。飛行機を整備士に任せる。「動きはいい、繰り返しのメンテナンスは必要なし。点検だけしておきなさい」私は整備士にそう告げる。

夜

私はベッドにいる。寝返りを打つ、眠れない。オーバーを肩に羽織り、外に出る。飛行機のところに行く。整備士がそこにいた。私を見ると微笑んでいる。「この飛行機、トルコ製じゃなくて、フランス製ですぜ」と整備士が言う。横柄な態度である。私はいら立ちを覚える。「どの飛行機にも家族がある。軍は飛行機を家族ごと引き受ける。飛行機の言語を理解する者の存在が必要だ」と整備士が言う。私はすっかり頭にきた。軍司令部に戻ったら、彼を解任するよう申し出よう。私はその場を後にする。急ぎ足で歩く。蚕に覆われた一本の木に向かう。幼馴染のカニイェがそこにいた。戸惑い、歓喜。私たちは抱き合った。「元気？」と私。彼女は私の知らない言語で話始める。少しだけわかる気がする。突然、カニイェの後ろに父が現れる。眉をひそめたその表情。カニイェのお喋りに腹を立てているのを、気が付かないふりをすることもできない！　父を悲しませないために、私は沈黙を守る。私は、幼馴染と口をきかない。力強い足音が聞こえてきた。遠くから。すごく遠くから。まるで東から。心の中に芽生える恐怖。あたりを見回す。整備士がそこにいる。飛行機の母、手、腕、すべて。「来るぜ」笑いながら、「飛行機の言語ってもんがわかる連中が来るぜ！」

もう今夜は眠りにつかない。興奮がひどい。この地域に平和をもたらすために私はここへやってきた。宙返りをしよう、このデルスィムの空で。ベッドの上に地図を広げてみる。念入りに、注意深く見つめる。目を細める。一羽の白頭鷲のように。反逆者たちの姿が見える。教唆された者たちの姿も。言葉が通じない連中。法にも秩序にも耳を貸さない人たち。髪も髭もいっしょくたになってしまっている。焼きはらっている。地図を燃やしてしまいそうになる。地図の上で、女、子ども、動物、無辜の人々が逃げ惑っている。抑え込む、指で、消し去る、炎を。

今朝の偵察飛行で一つとして村らしきものに遭遇することはなかった。その一方で、ヨーロッパで目にした光景がある。父が目にしたがっているような光景だ。電気の通った家、手入れの行き届いた庭、笑顔の絶えない村人。父は、ここの人たちにもそんな風になって欲しいのだ。我らが村人たちが山の洞窟で半野生生活を送ることを阻止したいのだ。洞窟の中で人も動物も一緒に生活する。だめだ。あってはならない。

アンカラを出発する前、講義が行われた。地域の人々についてのものだ。この山岳地帯の人々について。「洞窟に隠れ住み、食べ物にも事欠いている模様である」「すきっ腹を抱えた山賊どもは、雪の下に埋もれている野生のゴマやサトウダイコンを食している。失望の中にいるのです」そう聞かされた。「基本的な文化的活動すらない」「大工仕事もできなければ、服を縫うことも、靴を作ることもできない」そこの女たちは裁縫すらできないのだとか。私は裁縫なんてしたこともない。

爆撃当日の朝

私たちは腹を満たし、体温を保つための栄養満点の朝食をとる。チーズ、卵、パン、ブドウのシロップ、ゴマのペースト。そして、砂糖がたっぷり入った濃い目の紅茶。私たちは水を飲まない。下痢止めを飲む人もいると聞いたが、私は飲まない。何時間も前に私たちは偵察飛行の結果を検討しあった。攻撃場所は決まった。反逆者たちが退却した場合、どこで封鎖をかけるかも。指令本部からの命令は明確である。もし、地上から砲撃を受けたら。もし、飛行機を飛ばせなくなったら。「南へ、軍の部隊の近くに落ちるように努力せよ」落ちるつもりはない。たとえ撃たれても、私たちは落ちるつもりはない。たとえ落ちても、私たちは死ぬつもりはない。たとえ死んでも、殺してから死ぬ。

全操縦士が広場に集合している。機体は横並びに並んでいる。出動順だ。私たちは三つのグループに分かれている。一グループにつき五機体、十五の機体。空爆はおよそ十五分から二十分かかる予定だ。始まりから終わりまで。

私は第一隊列のリーダーだ。他の操縦士たちと、爆撃場所について確認しあう。最終確認だ。目標地点には北から入る。七千メートルから三千メートルまで下降。二千五百メートルが限界。爆弾投下。「神が我らの顔に泥をお塗りになりませんように。神よ我らが戦を守りたまえ。トルコ人と言えることはなんと幸せなことか、友よ！」と私は言う。

キャビンに昇る。我がコクーンの中に。パラシュートも装着した。拳銃も。弾丸は装填済み。身支度完了。ベルトをバックルに差し込む。エンジンをかける。私の後ろの下級士官も準備完了。頭で合図を送る。整備士がプロペラを回す。車輪止めがしまわれる。十五機の飛行機のプロペラが音を立てている。モーターが吠えたてている。左右の操縦士たちを見る。私は合図を送り、アクセルをふかせる。

五体の白頭鷲が、走り始める。
百
百五十
百七十五
二百
もう後戻りはできない。
引き金に指をかける。
爆弾のことを考えてみる。爆弾のことを。父のことを。反逆者たちの骨を粉々にすることのできる力なるものを。口も鼻も、石と土と砂でいっぱいにしてしまうだろう。耳を聞こえなくさせるほどの力のことを。子どものようにはしゃいだ気持ちになる。
四十五分後、攻撃地域に到着した。攻撃まで機体を横にして、復路を確保する。太陽を背にした状態だ。少しだけ下降し始める。地上から砲撃を受けたら。もし怪我をしたら。パラシュートで脱出するようなことになったら。反逆者の手に落ちてしまったら。そのときは、何をすべきかはわかっている。拳銃で敵の何人かを撃って始末した後、最後の銃弾を自分に向けて撃つ。父を辱めないため、私は死を選ぶ。
下を見る。地上が近づいている。モーター音を聞いて恐れをなした反逆者たちが逃げ惑っている。右往左往。ネズミみたいに。羊や子羊みたいに。動物みたいに。
急降下する。白頭鷲が両腕を広げた。無駄だ。逃げるなんて。無駄。白頭鷲が爪を出す。おまえたちに、おまえたちの畑に、おまえたちの女たちに、おまえたちの赤ん坊たちに向けて。後戻りはなし。

爆弾が飛行機から落とされるときの機械的な音。私は深く息を吸い込む。荷物から解放された。機体が軽くなる。命令は羽のよう。お荷物は行ってしまった。私はあれをずっと背中に背負っていたのだ。ずいぶんと長い間。心の中に背負っていたのだ。煮えたぎる油のようなそれを。五十キロ。濃いカーキ系の緑色をしていた。端には点火薬。美しい。何メートルにもわたって、あるものすべてを刈り取ってしまう、荷物。頑強な岩にあたってしまっても、跳ね返って標的を探しに行ってくれる。力が燃え尽きるまで、刈り取る。お尻の部分にはカールした尻尾。美しい。優秀だ。大空を泳ぐ、荷物、爆弾。魚のように、幸せの灯台のように、やすらぎのうちにすすむ。山の傾斜を。山影を。爆発前に私が退却できるように、貴重な時間を稼いでくれている。爆弾が下降するほどに、私は上昇する。父へと向かって。

岩ではなく土の上に落ちれば、大きな穴が開く。直径十メートルほどになる。四、五メートルの深さ。敵の鼓膜を突き破るだろう。たとえ命中しなくても、足元が掬われるだろう。命中すれば、身体がバラバラになる。意識がはっきりしている最後の数秒間に、自分の身体がバラバラになるのがわかるだろう。腕が、足が、頭が。言うことを聞かない、頭が。法の外で生きる者たち。バラバラ。口から鼻から、砂、石、土、出てくる。軍を、トルコ国軍を囚われの身のまま縛り付けておくことなど、奴らにはできない。軍は支配者である。常にそうである。反逆者や教唆された者たちこそが、囚われの身である。永遠に。

飛行機の鼻を上に向ける。高度を上げる。下界から声。騒音。それを見つめる私。砂嵐。大きな砂嵐。その中に、父の築き上げた美しい国。奇跡的な形で、鉄の網で編まれた、電気の通った村。手入れの行き届いた村の笑顔の村人。税金を納め、子息たちを兵役に誇りを持って喜んで、高潔な気持ちで送る、器用な村人。あまりにも美しくて！　どんなに眺めても飽くことがない。高度を保つ、父へ向かって。

着陸する。モーターから甘い排気ガスと熱いオイルの匂いが立ち込めてくる。興奮が冷めてくる。法の匂いだ、これは。秩序の匂い。規律の匂い。私の人生の匂い。私はその匂いを吸い込む。オイル、ガソリン、タバコ、くず綿、靴墨、板、ニス。身体が震え始める。心臓がうなじのところにある。バクバクと鼓動し始める。こだましながら、耳に届く。

整備士が会釈をしている。彼の瞳はこれ以上ない喜びをたたえている。「私の機体に故障個所はない。メンテナンスの必要はない」とかそんなことを私は言う。歌うみたいに。声が震えないように細心の注意を払う。下級士官の顔を見る。彼の表情にもこれ以上ない喜び。肩を寄せ合い困難を乗り越えたことへの興奮状態が私たちを互いに包んでいた。

あの瞬間を、私たちが生きたのか？　そうだ。私は頭をもたげ、空を仰ぎ見る。父の目の色と同じ。愛情を込めて、父を愛している。どこから出発したかは関係ない、私は父のもとに舞い降りる白頭鷲。

サビハ

カリン・カラカシュル

「どこで働いているの?」人にそう聞かれたら、私は適当にお茶を濁すことにしている。「空港で掃除の仕事よ」そう言っておしまい。パン代を稼ぐのが職場で、私は労働力を提供しているのだ。でも、そのセリフを娘のエイシャに言われたものだから困惑してしまった。一日で一番素敵な時間、一緒に朝食をとろうとしているところ。各自が散らばってしまう前に、一堂に会して互いの顔を見ることができる唯一の時間帯。朝食後、エイシャは仕事へ。ジェムとルザーは学校へ。私は私の道へ。

「今日は残業が長引きそう。監査が入るのよ」つい、言いたくなってしまったのだ。エイシャは飲んでいたチャイグラスから顔を上げた。そこには二十三年間育ててきた娘のそれではなく、一人の見知らぬ人物の目があった。氷のような目。私のことをこんな風に娘が見つめることは、これまでになかったことだ。「彼女が流した血は、一生かけても拭い取れやしないわ」と言った。

私は脇腹に石を食らったように固まってしまった。放たれた言葉はときに人を殺すことができるもので、そんなことはわかっているのだが、腹を痛めて産んだ我が子がそれをするか！　私は手を自分の腹にあてた。両腕を体の前で合わせた。娘もその瞬間、石を見たようだった。何かを言おうとして口を開いたが、私は手でそれを制した。「もう沢山」と私は言った。「もう一言も言わないで」

私は、音を立ててドアを閉じてしまった。決してそういうことはしないのに、だ。物は従順だ、粗野な音を立てたりはしない。でも、今日はなぜだかやってしまったのだ。二人の子どもたちの手をしっかと握った。二人はいつもなら大騒ぎして私から逃げてしまう。学校までの道のりを、子どもたちだけで歩くのが二人にとっては最高に楽しい時間なのだ。でも、今日は二人とも黙ってついてきた。恐れをなしたのだ。私は誰かに手を握っていてほしかったのだ。だから、子どもたちの手をつかんだのだった。でも、それだけでは足りなかった。

娘とのいがみ合いの発端は、昨夜にさかのぼる。不機嫌さは雲のように寄り集まり、隅っこのほうで最初の一撃を食らわすのを待つ。彼女は今夜、座り込みデモに行くのだそうだ。大興奮の体でそのことを話して聞かせてくれた。目はぎらぎらしていた。「ガラタサライ高校の前が木曜日ごとにどんどん大人数になっていくのよ、お母さん。一目見てほしいわ」。虐殺の命令が下された五月四日まで毎週木曜日に集まるのだそうだ。何が起きたのか知ってほしい、政府は明確な謝罪を、当時、行方不明になった子どもたちを探してほしい、故郷を追われた家族が家に、故郷に戻れるようにしてほしい。Canê maê Ke bê goni bê keten şiyê Tariê mare ra u roştiê 大きな文字で書かれていた。「大地に落ちた埋葬布のない我らが遺体は、大地を照らす我らが光……」

光り輝く表情の私の愛娘。真の光は彼女の顔にこそ宿っている。母親ですもの、心配するのも無理はない。光が陰らないように、「気を付けないさいよ」と私。するとすぐに表情が曇った。「私が今、何を話したかわかってる？　お母さんの返事、なにそれ？　怖がることしかできないの？」

私も娘も黙った。毎晩私は果物を剥いて、二人でそれを一緒に食べ、少しテレビドラマを観て一緒にケラケラ笑うのだが、昨日はどれ一つしなかった。そして、例の雷が、今朝、朝食の時間に食卓の上に落っこちた、というわけだ。で、結局私は仕事に向かう。仕方がない。サービスバスの窓ガラスから外を見ると、木、車、ほかの何もかもが、水のように流れていく。まるで、私が前に進んでいるのではなく、世界が後ろへと後退しているかのようだ。私にはそう感じられた。ともすると涙目になってしまう。自分に対して腹が立って仕方がない。もう少しプライドってものを持ちなさい、泣きべそをかくのはおやめなさい、と……。今日は働くことが心地よかった。手が動けば気が紛れた。トイレのモップがけが済むと、片隅で背中をもたれかけ、あたりを見回してみた。背中が痛む。動きを止めると、とたんに痛み出すのだ。ほんの少しだけ我慢して、目の前を通り過ぎる人たちを眺める。私の目の前を車みたいに人間たちが通り過ぎてゆく。唯一、彼女のモノクロの絵だけが、いつだってあるべき場所にとどまっている。

それを見るのはこれが最初でも最後でもない。でも今日は、私と娘の間に入りこんできたものだから、それで、今でも生きている人みたいな感じで見つめてしまう。あなたにこんなことをする権利はないのよ、サビハ……。あなたは私の過去を奪っておいて、今度は今現在に手出しをしようなんて、そんなこと、して欲しくはない。

私は彼女の巨大な絵から顔を背けた。カフェテリアの客たちをぼんやりと見つめていたその時だ、その女のことに気が付いたのは。私みたいに、サビハの絵をじっくり見つめている。かと思うと、今度は何ごとか書き綴っている。「若い」と言って差し支えないが、絵を見つめ、文字を書いているその女の表情は年老いている。女が何を書いているのか、私はどんなにか知りたかったことか。

ああ、サビハ……。なぜだかあなたに手紙をしたためようと思ったのです。私は今、あなたの場所にいるんです、空と大地の間。あなたの名を冠した、この空港に。もう少ししたら私の乗る飛行機が到着して、私を遠いところまで運んでくれるはずです。でも、私の終着点はあなたという人物なのだから、どこまで「行く」と言いうるでしょうか。それで、あなたに手紙を書こうと思ったのです。あなたを置いていかなければ、私にはどんな旅も、どんな到着地もないのですから。そして今、こうやって私の向かいにあなたはいる。しかも、モノクロの不滅性の中にあって、最高に輝かしい状態で。死ぬ運命を持つ者たちが痛みという名のリボンに絡めとられている一方で、意固地なまでに輝いてみせるあなた。頭には白のひさし帽、顔にはあの輝かしき笑み。若く美しい女性として、私の向かいにいるあなた。そうかと思うと、背丈ほどもあろうかという爆弾を手にしたあなたの姿が見えます。あなたの飛行機は、フランス製の軽量爆撃機ブレゲー19というのだそうですね。その爆撃機の前で、あなたは愛しい人に抱き付くようなポーズをしている、爆弾と一緒に。

あなたは爆弾を、いや一つどころではない、いくつもの爆弾を、あなたは下界に落としてみせました。運命の歯車が逆回転した様が、あなたの人生なのですね、そのことをあなたはわかっていて？　考えてもみてください、本当にあなたがアルメニア人一家に生を受けたのだとしたら、あの虐殺のあった頃、匿っていたアルメニア人たちを敵方に密告しなかったデルスィムの人々の世界を、あなたは崩壊させてしまったのだ、ということを。

そんなことがあるでしょうか？　現代トルコ女性のシンボルであるあなたのことを、アルメニア人だと言うなんて、侮辱に数えられることですもの。人は、自分の持っているアイデンティティが呪詛として捉えられているなどと、当然ながら信じたくはないものです。アッラーはご存知のはず、私たちの心積もりはいいものだったということを。あなたの姪っ子だというアンテプ出身のアルメニア人の女性は、ムスタファ・ケマルがあなたをウルファのジビン孤児院［9］から引き取ったと、そう主張しています。やがて、あなたの近しい友人である、さるアルメニア人歴史家は、あなた自身もアルメニア人であることを承知していて、ブルサの孤児院に居たときに養女として引き取られたこと、ベイルートにいる親戚たちとも連絡を取り合っているとも言いました。あなたは口ごもり、知られたくなかったという様子でした。

きっと、どこかしらの端っこを引っ張って、あなたが知られたくないと思っていたその事柄を私たちは書いてしまったのでしょう。あなたはご存知ないでしょうね、私たちの出版している新聞のことなど。弱小新聞だったけれど、世界観は大きかったのです。あなたの大空ほどに広大なのです。トルコ語とアルメニア語で出版し、毎週読者のもとに届けられました[10]。あの、夢見る男[11]が望んだのは、一九一五年[12]のことを死者の側からだけではなく、生存者の側からも語られるべきだ、ということでした。痛みの烙印を押される前に分有することの道を見つけたい、と。あなたのおかげでもって、扉が一つ開かれたらいい、と。

あなたときたら、随分な量の雪を集めたのですね、一生をかけて。扉の開かれた隙間から雪崩れて私たちのほうへと転がって来はじめたほどです。今日は、すべてここへ持って来たんです。すべてをここであなたにしたためようと思います。新聞の切り抜き記事も文書類も、封筒の中に入れておきます。あなたの手元に残しておいてください、私はもう手放しますから。でなければ、私の荷物は軽くなりません。ニュースが他の新聞社の見出し記事に引っ越したら、軍司令部から直々の説明文書が送られてきました。報道された記事についての布告なんて滅多にあるものではありません。そもそもあなたの物語自体が、滅多にない物事の始まりそのものでした。一つひとつ数えてみたら、その布告には十八回も「トルコ人」という言葉が登場していました。『アタトゥルクの養女であるサビハ・ギョクチェンは、アタトゥルクからトルコ民族への贈り物である。彼女は、トルコ国軍における初の女性パイロットとして、トルコ空軍の名誉ある名前の持ち主である。さらに、サビハ・ギョクチェンは、アタトゥルクが理想とするトルコ女性のトルコ社会の中でのポジションを示す、重要かつ賢明な女性のシンボルである。このようなシンボルについて、目的は何であれ、議論の俎上に乗せることは、民族の一体性および社会の平和に資さないアプローチである…』

平和のために歩みだされた道は、地雷で埋め尽くされたものでした。あなたに触れることはすなわち、燃えたぎるストーブに手を突っ込むことと同義のようでした。様々なキャンペーンやら訴訟やらが起き、ある日、現実より大きな夢を抱いたあの男は、殺されてしまいました。あなたは最後の爆弾を、私たちの頭上に落とした、そう理解していいのでしょうか。またしても、あなたは誰かの世界を崩壊させてしまったのです。唯一の違いは、あらゆる出来事が語られたということです。希望も破壊も。

今や、随分多くのことが知れ渡るようになったものだ。若い人にはときどき理解できないのね。まるで、ずっと語られてきたことだと思っているみたいで。エイシャもそうだ。どう説明すればいいものかしらね、どんなふうに人々が沈黙してきたのかを。そのうちの一人が私の愛するギュリザール母さん。沈黙する者には敬意が払われるとはいえ、語ることができなかったことがある、

［9］「蚊」を意味するcibinは、シャンルウルファ県のハルフェティ郡内に存在する村である。

［10］「アゴス」というアルメニア系週刊誌。

［11］二〇〇七年にイスタンブルで暗殺された、「アゴス」編集長のフラント・ディンクのこと。

［12］アルメニア人大虐殺のことを示唆している。

ということ。デルスィムの大虐殺が起きたとき、母は六歳だったという。母の母と父も兄弟も親戚もすべて、皆殺しにされたという。気の毒に思った近所の人が母をエスキシェヒルに逃がしたのだそうだ。当時デルスィムから追放された人たちの多くがエスキシェヒルにいた。同じくデルスィムを追放された父とそこで出会ったのだ。お互いを匿いあったのだという。そうこうするうちに、イスタンブルへ。そして、新たな竈、ゼロから作る家族。母が感じたのはどれほどの恐怖であり、どれほど忘れたいと願ったかは計り知れないが、ともかくも一つも当時の話を私たちにしたことはなかった。

　私たちは枝からも根っこからも引っこ抜かれた状態だった。私たちの言葉を話せる村へ定住することは禁じられていたし、同じ家族の者が四人以上で同じ場所に出かけるのも禁止だった。禁止に次ぐ禁止が終わると、一九五〇年代には村に帰る人たちが出てきたらしいが、母は二度と足を踏み入れなかった。「デルスィムは私の心の中にある」いつもそう言っていた。それだけ。物悲しい声で、民謡をいくつか歌ってくれた。私たちの教育には熱心だった。勉強を手伝ってくれることはほとんどなかったが、言葉を教えてくれたし、子守唄とお祭りと食事を欠かすことはなかった。父は若くして亡くなった。すると、夫婦の間で交わされていたあの秘密の囁きも絶えてしまった。母はすっかり黙りこくってしまった。片方の足をもう一方の足に挟んだ恰好で、扉の外に出した椅子の上で過ごした。私が手にタバコを握らせると、母は私の指にキスしてくれた。私たちはそれで通じあっていた。“Mı Kilîtê Kou kerde vınd” 母は悲しみに沈むと、よく言っていた。「私は山の鍵を無くしてしまったのよ」

　私の愛するお母さん、私には、鍵を失うことのできる山すらなかった。私も今は知っている。

人々は、子連れで山の中や洞窟の中に逃げたこと。村は焼かれ、山の頂上の洞窟はというと、いくつかはコンクリートで封鎖され、また別のいくつかは中に居る人たちを中毒死させるために、洞窟の入り口が炎で焼かれたこと。洞窟の外にいた人たちも撃たれたこと。ハルチック川は真っ赤に染まったこと。そして、あたりに残る死体の腐臭で、人々はもはやそこには居られなくなったこと。

この種の記憶というものは、夜が更けると押し寄せてくるのが常だ。昨夜は瞬き一つしなかった。天井に映る影が変化しても、私はずっと変わらないまま。母のことが恋しくてたまらなかった。もういい年をしたおばさんだというのに。母がすぐそこにいて、母の胸に頭をもたれかけ、母に「嗚呼、私のサレ」と言ってもらって、髪をなでてもらいながら、そのまま母の胸の中で眠りにつきたい、そう思った。母もいなければ、眠りの欠片もどこにもなかった。私は窓を開いた。「サレ、窓を開けて」母はよくそう言った。「外は凍りつくほどの寒さよ。あなた、頭は大丈夫、ギュリザール？」私はそうからかった。ところが、ほどなくして母が立ちすくんで、喉元を手で押さえながら、息切れしているのを見た私は、窓という窓をすべて開け放った。時々そういうことがあったのだ。ぜんそくの発作かなにかだろうかと疑ってみたが、何も問題はなかった。あの声、あの臭いが、母にとりついて離れなかっただけだ。母もまた、夜な夜な死というものを再発見したのだった。

例えば、あなたが落とした五十キロの爆弾は、ケチケゼン村と北へ逃げる人々の頭上に落ちました。にもかかわらず、あなたはすべてを、物語を語るような調子で語っています。爆弾のこと、死んだ人たちのこと、故郷を追われた人たちのことになど、触れることもありません。あなたのヒーローは、常に善人…。

「偵察飛行をしていました。軍には諜報部隊がありました。悪い連中がどこにいるのかは熟知していました。子どもたちがいる場所を直接破壊するのは、さすがに人間性に反することです。ですからそのようなことはありませんでした……。結局のところ、あそこの人たちもまた、私たちの民なのですから。いつでもどこでも、似たようなことはあり得ます……。あそこの人たちの住んでいる場所は原始的なものでした。家、などという代物ではありませんでした。ですから、あそこの人たちにもっとよい生活というものをしていただこうと、他所の土地へ移ってもらうことにしたのです。アタトゥルクの目的というのはそういうことでした。彼らがもっと人間的な生活を送ること、それを欲していたのです、アタトゥルクは」

軍司令部はオスマン語とトルコ語で飛行機からその地域の人々にチラシをばらまきました。あなたは飛行機の機内に居たから見なかったのでしょう。そのチラシは、「共和国政府は、あなた方を同情と慈悲の心で迎え入れたい、あなた方に幸せになっていただきたいと思っています」という一文で始まり、「…当方の命令に従わなければ、あなた方を包囲する用意があります。共和国政府の圧倒的軍事力によって、あなた方は一掃されることになります。政府の言に従うように」と締めくくられています。圧倒的、という表現は言いえて妙です。まさに、だれもが圧倒されていましたから。デルスィムの原始的な家々が破壊され、美しきトゥンジェリとなりました。改善策が施され、文明化するというわけです、公式見解の言を借りれば。それで、あなたはそんな蛮行を見なかったとでもいうのですか？　一度たりとも、問うてみたことはないのですか？

私は幾度となく自分自身にきいてみた。こんな酷いことがどうやったらできたのだろう、と。悪いことだとは知らずに、行われたことなのだろうけれど。任務だから行う、あの地域を一掃する。人間だなどと思っていない。あなたもそう、思ってないのよね、サビハ。あなたには私の母のことなんかわからないわ……。

後になって、勲章も授与されたのね。ところが、長いこと誰もあなたにどうして勲章が与えられたのか、知らなかったんですって。デルスィムのことなど、知る由もない。あそこは、世界の目で見るともはや地獄。なんの因果か、ありとあらゆる大虐殺の末に、死した大地が広がる。あなたがいつ、どれだけのことを知るようになるのか、それすらわからない。軍服が、あなた自身のことも覆っている。

あなたの謎に包まれた人生譚によると、あなたは孤児でした。ムスタファ・ケマルがあなたを養女にするのに、あなたのお兄さんが許可を与えたという勘定になります。あなたは何年も勉強したけれど、今の世の中であなたの興味を引くものは何もなかったようでした。そんなある日のこと、あなたは当時新しく設立された、通称「トルコの鳥」と呼ばれたトルコ空軍付属航空学校の開校式で、ロシア人教師らによるグライダーのデモンストレーションに感化され、飛行体験をします。そこからはもう、情熱物語。数多くの授業を次々受け、卒業証書を手にしたあなた。あなたは、エスキシェヒルの空軍付属航空学校の紅一点でした。デルスィムの作戦のことをあなたに誰かが知らせたわけではありません。尋常ではない周囲の動きを察知したあなたが、情報を嗅ぎまわったのでした。飛行機に飛び乗ったと思ったら、もうチャンカヤ[13]に到着していました。興奮し、決意は固く、頑固そのもの、火を見るより明らか。結構なことだけれど、つまるところあなたは女で、万が一にも飛行機が不時着し、敵の捕虜になるようなことがあったら？「心配ご無用です、私は生きて敵にこの身を渡すつもりなどありません」これを聞いたムスタファ・ケマルは、自分の所持していた拳銃をあなたに与えました。敵を殺すか、自分を殺すために使え、と。あなたは拳銃に口づけし額に付けます。あなたには後も先もない、ただ、彼と共に存在する。

「私の人生がいかにして、あのブルサの地の中庭の時代から離れ、イスタンブルのドルマバフチェ宮殿でピリオドを打ったのかを考えてみる……。私は何年この世に存在しているでしょう？　一九一三年からですから、考えてもみてください……。ところが、その間どれほど生きたのかと問われれば、実際は人生など短いもの……。本当に、わずかなものなのです……。振り返って私は言うのです。一九二五年から一九三八年まで何年間あるか数えてみてください！　このほんのわずかな一生の間に、あまりにも多くの出来事が詰め込まれていることが、今になってみるととてもよくわかるのです……」

あなたは後になっても何一つ語りません。ムスタファ・ケマルの遺言に従って、あなた用に家が一軒借りられていて、あなたの言い方を借りれば、「この世で偽の人生を生きる人間の心持ちで」、その家で隠居生活を送りました。どうですか、偽の人生を生きることを強いられた人々のことを、その時のあなたは理解できましたか？　二つの大虐殺事件という層になった沈黙に身を包んだ人々の人生を、雲にばかり向かって語ってきかせていたのですか？

「飛ぶのはとても素晴らしく、真新しい感覚です。表現するのは難しく、飛んだことがある者だけが感じることができる類のものです……。もはや、飛ぶことしか考えられなくなります。もっと高度を高くしよう、もっと早く飛ぼう、そうやって前人未到の感覚の中へと入りこみます」

ある種、これは自由の定義と言えます。地上では制限されている諸々の物事を、鳥瞰図のごとく人生を見渡すことで、あらゆるものを超越するということ。あなたが語らなかったこと全ては、果てなき秘め事。それでもなお、私も知っていることがあります、あなたが傷ついたあの事件のことです。軍服を着て出席した国主催のダンスパーティーで、フェヴズィ・チャクマック元帥に向かって、女性たちが正式に軍人になれるよう説得しましたね。でも、無駄だった。その時です、あなたは初めてこれまでとは違う反発心を滲ませ、こう言うのです。

［13］　日本で言うところの「永田町」に相当する地名。

「これまでの労力と功績があれば、軍部でも女性は男性と平等の権利を持てる、私はそう勝手に思い込んでいました。ところが、またしても夢と現実の狭間に立ち尽くす羽目になったのです。夢は現実にその場を明け渡してしまったのでした……」

ごらんなさい、サビハ。やがてその日が来れば、あなたが思い描いた夢と、あなたが生きている現実は互いに齟齬をきたすようになるのです。私たちが、あなたについての真実だと語られてきたものは、実際に真実だったのかどうか、私にはわかりません。あなたが「手が届くはずのない人に、手が届いた」と評した男を永遠に失い、あなたは失意に沈んだに違いありません。軍人としてのキャリアを積むことができなくなり、飛行機と縁のない生活を送ることになって、あなたは残念だったに違いありません。あなたに着せられたイメージは、網の目の中に捕われた魚から水が滴るように、あなたの人生と共にこぼれ落ちた、その時があなたの一番傷ついたときだったのではないでしょうか。一人の人間、一人の女性に戻ったあなたのことを考えてみると、いろいろなことがもっと耐えやすくなるのです。

そして今、手元に溜め込んだすべての真実を知らせたい、私はそう思ったのです。言葉は居場所を見つけるためにあり、その時を辛抱強く待ち続けます。この手紙をここに置いていきます。この手紙を必要とする誰かが読めばいいのです、あなたのことをあなたに向けて話してもらいたいから。

私にできるのは、せいぜいこれぐらいです。Minas parov（アルメニア語）ごきげんよう、サビハ。

すべての乗客がそうするように、彼女もまた席を立った。でも、すべての乗客がしないあることを、彼女はした。ゆっくりと一枚の封筒をあなたの写真に立てかけた。私はすぐにそっちへ向かい、その封筒を手に取った。見てみると、「サビハ・ギョクチェンへ」と書かれていた。運命というものがある、避けられないものだ。創造主からの印だ。あなたのことをこんなにいろいろ思い出していれば、これも必然ね。私は封筒を懐にしまった。帰り道に繰り返し読んだ。乗客のあの女性と、心の中で会話した。

夕方家に帰ると、鍵を回す間もなく、「お母さん……？」という声が聞こえた。エイシャが私の首に巻き付いてきた。「ごめんね、私、ひどいこと言っちゃった。悪気はなかったんだよ」そう言いながら、体が震えている。「もう忘れたわ」と私。「さあ、もう泣くのはおやめ。今夜は私たち、デモに参加するんだから。腫れぼったい目じゃかっこつかないわよ」エイシャの濡れそぼった瞳の中の、二つの小さな点がキラキラ光る。「お母さんも来るの？」「もちろん行きますとも。私たち、同郷人だったわよねぇ、忘れたの？」

私の美しい娘が笑っている。「エイシャ」と私。「それから、チケットを予約しておいて。故郷に行きましょう」キラキラ光る瞳で、娘が私を見つめている。私の顔を手でさする。娘が活き活きとすれば、私は痛みなんてもう感じない。というか、痛みを止めるのはそれ以外にない。今夜は母の哀歌を歌おう、ザザ語の哀歌を。そうすれば、骨の髄まで暖まり、魂も笑う。サビハ、あなた宛てのあの手紙も持って、ムンズル渓谷の中を娘と歩くつもりよ。ヤツガシラ鳥に約束したもの。

ヤツガラシ鳥が私に尋ねた :Dik Sileman a mo harde Dewresu de waneno/wano:-sima mi e' ta teyna caverdane sone kori? ヤツガラシ鳥が人気のないさみしい土地に舞い降りてこう鳴いている。「あなたがたは私をここに一人残し、どこへ行くのか?」

いまだ無人の村々を見て回ろう。そしてその鳥に言ってやるつもりだ。私たちはどこへも行きはしなかった、と。放してくれなかったんだもの、どこへ行けるというの。でもほら、私たち、またここに居るわよ。川のふもとのアナファトマの町でお祈りをして、願掛けをしよう、娘と一緒に。ムンズルの水を一掬い飲もう、ギュリザール母さんと死んだすべての人のために。あそこの水は神聖だもの、どんな痛みにもよく効く。少しだけもって帰ろう。あなたの顔にもそうっと塗ってあげるわ。

私にできるのは、せいぜいこれぐらいよ。Xatır be to（ザザ語）ごきげんよう、サビハ。

その昔、私はあの広場にいた

セマー・カイグスズ

一年ほど前のことだった。床屋のフセイン兄さんの店での出来事だ。ケキル爺さんが珍しく口をきいたのは、その日だった。フセイン兄さんは、ケキル爺さんの首筋の毛を剃りながら、自分がふれている首の持ち主にあらゆる考えをあっさりと納得させることができるかのように、ただなんとはなしに言ってのけただけだった。

「ケキル爺さん、おまえさん身寄りもない独り者じゃないか。亡くなったフセインのところのゲヴヘルと仲を取りもとうか。互いに心の拠り所ってものになるんじゃないかね」

私はその時、ケキル爺さんとフセインの背後の椅子に腰かけて、鏡に映るこの二人の男を眺めていた。床屋のフセインの先の発言を受けて、ケキル爺さんは顔を上げると、問いの答えを私に返そうとするも、当の私がそもそも何ひとつわかっていないので、すぅっと深呼吸して、なんて言ったらいいのか、まるでそう、吐き出すように、いや違う……、これから言おうとする自分の言葉にあらかじめ腹を立てているような、そんな摩訶不思議な言葉を吐き出した。あんたは今、私が何を言わんとしているのか、よくわかってないことはこちらも承知している。私はある一言がまだ空気に触れる前に悪臭を放つ一秒間の出来事を伝えようとしているんだから……。

さっきも言ったようにケキル爺さんはひょいと頭をもたげると、私の目を見据えながら話し始めた。

「その昔、わしはあの広場にいた。まだ十二歳だった。兵士たちが私たちを包囲していた。カウメ村やテクテケル村に住むデメナンル部族の者たちが集められた。その中に一人の女がいた。赤ん坊を首飾りみたいに顎の下に巻き付けてな。できることなら口の中に入れて隠しておきたいとでもいうように。頭のスカーフは後ろに滑り落ち、額から顎に向かって金色の髪が垂れ下がっていた。村長は、赤ん坊を含む村人たちを兵士に引き渡していた。轟音が響き渡ると、娘たちも若者たちも、赤ん坊も年寄りも誰が誰だかわからなくなった。その女が死んでしまうと、この世に女という生き物は一人も居なくなった。全ての女が死んだ。なのに、おまえは今、十二歳で男やもめとなったこのわしに、女がどうこうとほざいているわけだ」

フセイン兄さんと私はその時、自分たちが何を耳にしたのか、本当に理解できなかった。遠い国の風変わりな名前だけが、耳にこだましていた。確かに目の前にいくつかの場面が浮かぶには浮かんだが、それとて映画みたいなものだった。有り体にいえば、私たちは戸惑った。耳まで戸惑う始末だったのだから、推して知るべし、だ。

ケキル爺さんの発言は、肝臓にまで届いた。あんたは今私に、残忍な奴だって言いたいんだろう……。私が残忍だからじゃない、無知だからわからなかっただけなんだ、ケキル爺さんのことばの意味を。それにほら、ここらの喫茶店では、狩人たちの話しを聞く機会があるだろう。その話ってのが、かなり痛々しいものなのを知っているか？　私はその手の話にはこれっぽっちも耐えられないんだけど、それでも聞き耳を立ててしまうんだ。狩人たちは、豚をごろつき男に、鹿を若い女に見立てて話をするんだ。アッラーがこの我らの所業をお書きにならなきゃいいんだが、私たちもぼーっと聞いてしまうじゃないか。ケキル爺さんの話を聞いているときも、そんなふうだった。

床屋のフセインときたら、そりゃあもう、私よりずっと呆気にとられた様子だった。電気カミソリを同じ場所にばかりこすりつけていたものだから、ケキル爺さんの首筋が血まみれになるところだった。奴はぽかんとしていた。兵士ってなんだ、村ってなんだ、この男は何を隠しているんだって、頭が混乱していた。ケキル爺さんは立ち上がると背広を羽織って店から出て行った。その日からかなり長い間、私たちが爺さんの姿を見かけることはなかった。

そもそも私たちは、ケキル爺さんの「ケキル」の部分だけしか知らなかった。「爺さん」の部分は自分たちで勝手につけたにすぎない。それ以外は、故郷はどこで、どこの誰なのか、私たちは知らなかった。私は二十年前から爺さんを知っている。ハウサ〔14〕の町に爺さんが最初の一歩を踏み入れた日のことを、今でも覚えている。

ハウサの町のバスターミナルに降りると、爺さんは運転手たちの集まる喫茶店にやって来た。当時の私は町の中心地から共和国地区間の乗り合いバスの運転手をしていた。私はすぐに爺さんに気がついた。小さなトランクを手にしていて、退職した役人らが着るようなカフスボタン付きのトレンチコートを着ていた。

彼がよそ者であることはわかった。私は彼の横に座り、誰の親戚で、誰を訪ねてやって来たのかと彼に訊ねた。彼は、何ひとつ語らなかった。安宿を紹介してほしいと言うので、どれぐらい滞在するのかと訊いた。すると、長くなると言った。

母方の叔母から譲り受けた二間の家があった。家というよりむしろ廃屋のようなものだったが。「宿なんておよしなさい、あんたに家を見つけてやるよ、そのほうが安上がりだろう」と私は言った。

こうして毛布二枚、掛け布団一枚、小さなガスボンベ一つ、妻がお払い箱にした鍋やら皿やらをかき集め、ケキル爺さんを私の持ち家に住まわす算段をつけた。当時の彼は六十歳ほどだったに違いない。六十歳ほどの声をしていたが、身体の様子や拳骨を食らったような腫れぼったい眼からすると、八十はいっているように見えた。

ケキル爺さんは家を借りたその日のうちに、一年分の家賃を前払いした。うちの女房は現金を見ると、翌日いそいそとケキル爺さんのもとを訪れた。

「家の掃除をしましょう、窓も拭きますよ。こんなほこりだらけの中にいちゃ身体にさわりますからね」

ケキル爺さんときたら、とんでもない強情者ときた。うちの女房のエスマに、「わしが薄汚れた家に住もうが、あんたには関係ない話だ、二度とここへ来るな！」と言い放ち、追い出したそうだ。それで私は、この野蛮な男には近づかないほうがいいと思ったのだ。困ったことでもあれば、どうせ自分からやってくるだろうし。ところが、そういうこともまったくなかったというわけさ。

夏が終わり冬が過ぎても、ケキル爺さんが人々と交わることはなかった。こうなると、こちらも少々じれったい気持ちになるというものだ。やかましいことは何ひとつ言わずに爺さんに家を貸したけれど、もしや違法にラク〔15〕でも作っているのか？　麻薬の売人でもやっているのか？　それとも武器でも隠し持っているのか？　こちらは何もしていないのに、火の粉が降りかかってはかなわない。

〔14〕トルコの最西部にあるエディルネ県に属する市。
〔15〕ブドウから作られアニスで香りづけされた蒸留酒。水を入れると白濁し、アルコール度数が四五パーセント程度の強い酒。アラビア語では「アラク」、ギリシアでは「ウゾ」と呼ばれ、広く中東一帯で好まれている。

とある日曜日、エスマのお手製香草入りギョズレメ〔16〕を手土産に、ケキル爺さんの家を訪ねた。果たして、爺さんの家で私が目にしたものはなんだと思う？　尻尾なしのや耳なしのなど、近所中の猫という猫、疥癬病にかかっているのやら目が見えないのやら、あらゆる障害のある犬など、手当たりしだいに家に住まわせていたんだ。家の中はひどい悪臭が漂っている。ギョズレメの匂いを嗅ぎつけると、猫たちが私の肩にまでよじ登ってきた。家具らしきものなど何もなく、カーテンからソファーカバーまで何もかもズタズタだった。床には新聞紙、あちらこちらにリボンの形をしたマカロニの山、層ができてしまっている水のコップ。エスマがこの光景を見たら、頭がどうかしてしまう。臭いを吸い込まないように、口で息をした。

猫たちを制止しようとしてケキル爺さんが「これ！」と大声を出すと、動物たちは右へ左へ散らばった。それからケキル爺さんは、ギョズレメをひと口ずつ千切り全部くれてやった。

その日を最後に、私は二度とあの家に足を踏み入れることはなかった。ケキル爺さんのことも「どこの誰なんだ、何者なのか」と問われると、「頭のおかしい爺さんだよ」とだけ答え、やりすごした。実のところ、爺さんが痛みを背負った人間であることを、当時の私はわかっていた。あんたには言うが、ケキル爺さんは、むしろ痛みを必要としていたんだな。自分の周囲に泣いている者やもがき苦しむ者の存在を欲していたんだ。私は彼の邪魔をしないよう、あれから二度と彼のもとを訪れるのはやめた。

数か月が経ち、ようやくケキル爺さんは市場まで下りてくるようになった。所詮は人の子、退屈しないでいられようものなら、そっちのほうが驚きだ。もちろん、待てど暮らせど彼が犬たちのことに触れることはなかった。相変わらずの頑なさで、誰に挨拶することもなく、喫茶店に立ち寄り、こちらが挨拶すれば返してくる程度だった。

あとで気がついたことだが、ケキル爺さんが避けていたのは、人間だけじゃなかった。爺さんはお上《かみ》にも近づこうとしなかった。国勢調査の時、役人に扉を開けなかったというのはその一例。村長事務局に立ち寄ることもなく、投票にも行かなかった。郵便局にも、郡庁や市役所、銀行にも足を踏み入れなかった。

時折エディルネの町まで行き、現金を持って帰って来た。ケキル爺さんについては、様々な噂がまとわりついた。曰く、イスタンブルに革製品を売る店を持っている、あるいは、キュタフヤ[17]でビザンツ時代の埋蔵品を発掘し、それをギリシア人に密売している、等々。ただ、誰一人として当人に直接問いただす者はいなかった。一度として葬式、結婚式、割礼式[18]、金曜礼拝[19]に出席したことはなかった。彼が立ち寄ったのは、喫茶店と居酒屋だけだった。ゲームに興じる者、酔っぱらい、テレビ観戦する者らの中にそっと入り込み、誰かが彼に気がついてしまうと、「じゃ、また」と言って去ってしまう。ただ、私と床屋のフセインとだけは口をきいた。爺さんの話はいつだって筋の通らないものばかりだった。辻褄の合わない話のオンパレードというわけだ。

[16] 小麦を練った生地を薄く伸ばし、具材を挟んで様々に形成して焼いたもの。
[17] トルコ西部に位置する県で、陶器で有名。
[18] 男児の性器の包皮の一部を切除すること。割礼式として盛大に祝われる。
[19] イスラームでは金曜日が聖なる日であり、金曜日に集団礼拝所であるモスクに集って、一斉に礼拝をするのが習わし。

二十年間口ごもり続けたこのケキル爺さんが、まさにあの日、初めて完全なる物語を語ったのだった。空虚に向かって語ったかのようなものだったが、フセイン兄さんと私の二人は我にかえることもできず、ひとことも問いただせないまま、ケキル爺さんは店を出て行ってしまった。ケキル爺さんの語った話は私の脳裏から出て行かなかった。

それから数週間後に私が目撃したことを話して聞かせよう。市場に下りて来たケキル爺さんが、足を引きずりながら歩いていたんだ。右足が左足より短かった。その足の引きずり方ときたら、何と説明したものか。最近になって足を悪くしたというのではなく、それはもう、はるか昔からずっとそうだったかのようで、抗いがたい状態であるかのようだった。

私は爺さんに近寄り、「爺さんどうしたんだ、医者に連れていこうじゃないか」と言った。すると、これから罵倒するぞ、というように、ケキル爺さんは私の顔を凝視した。そして、こう言った。「あんた、目が見えないのかい？　わしは昔からこんなふうに足を引きずっていたじゃないか」でた！　私は言った。「爺さん、あんたは金輪際、足を引きずっていたことなんかないさ。あんたがそんなふうだったら、私らあんたのことを『足の悪いケキル』って呼ぶはずじゃないか？」

私がそう言うと、ケキル爺さんの目にみるみる涙があふれてきた。誓って言うが、爺さんは話しながら顎が震えていたんだ。

「粉砕機があった。その粉砕機の裏の岩陰に、わしたちは横三列に整列させられた。わしは列の一番後ろにいた。一番年かさの叔父のムスタファは、最前列にいた。銃を持った兵士たちが、わしたちの前に立ちはだかった。アッラーのご意思によるものだから、あの時、死というものを考えはしなかった。背後から聴こえる川のせせらぎに、喉の渇きを覚え、ヒリヒリした。心の中で、嗚呼、いっそ死んじまえば喉も乾かないし、空きっ腹にだってならないのにと思った。兵士たちは互いに肩を寄せ合って、ぴったりと張り付いていた。目の小さな大尉が一人、私たちではなく兵隊たちを凝視し、『分散させて発砲せよ。一点集中で弾を撃つな』と言った。その時、一番前のムスタファ叔父さんが隣の人たちに声をかけた。

『最前列の俺たちが撃たれる。撃たれたら身体を後ろに倒そう。そうすれば、後ろの列の連中は俺たちの下敷きになるから、助かるだろう。カルバラー[20]の道に殉教するのだと思えばいい』

どうしても忘れられない。右翼側に一人の兵士がいた。ムスタファ叔父さんが話したクルド語の、カルバラーの部分だけ理解したらしく、その兵士が泣き始めた。銃剣を肩にかけながら、顔をその取っ手にもたれかけさせてこっそりと涙を流していた。それから兵士たちは、タッタッタッと集中砲火を浴びせた。一発の銃弾が、わしの手に命中したようだったが、その瞬間はそれとは気がつかなかった。ムスタファ叔父さんは自分のキルヴェ[21]の上に、そのキルヴェがわしの上に倒れて来た。わしは一族の下敷きになった。タッタッタッという音が止んだ。うめいている者もいたが、わしはうめかなかった。大尉は、『誰一人生かしておくな』と命じた。その異教徒[22]は、甲高い声をしていた……。兵士たちはわしらを皆殺しにするべく、銃剣を構えた。剣は銃にもまして、痛みが激しい。アッラーよ、敵にこの痛みを与えたもうなかれ。剣が突き刺されば、勇者を自称する若者であっても叫ばずにはおれまい。上を下への大騒ぎでうめき声をあげていた。兵

[20] イラク中部の都市で、イスラームのシーア派の聖地。第三代イマームのフサインが殉教した地であり、フサインの殉教は「カルバラーの悲劇」として知られる。

[21] 割礼式で介添え役を担う、父親代わりのような人。

[22] 大尉はトルコの多数派であるイスラームのスンニー派に属すると推測されることから、「異教徒」と名指されている。デルスィムはアレヴィー派と言われる、イスラームでは異端視されている一派に属する人が多数派である。

士たちは負傷者たちの身体をズタズタにして、岩の上からムンズル川へと突き落とした。わしの上にかぶさっていた死体が、ひとつひとつ取り除かれていった。見ると、あの泣いていた兵士！　死んだふりをしていても、わしが生きていることが彼にはわかっていた。目の端で彼は大尉を見て、次いで他の兵士たちを見た。剣をわしの腿に突き刺し、ひと蹴りで下へ転がした。その時からだ、わしがこうして足を引きずるようになったのは」

嘘はつくまい、私はあの時、その話を信じなかった。私は信じなかったが、私の中の一部は信じようとしていた。私の目や鼻は信じていた。ケキル爺さんの話を聴いている間に火をつけた煙草などは、燃えさしになってもなお信じていた。それでも私は信じていなかった。その夜は、朝まで眠れなかった。

ケキル爺さんの語った話は、床屋のフセインにだけ話した。フセインも信じなかった。そもそも、なんのことだか彼はわかってもいなかった。

ケキル爺さんは、私たちにとって地球の裏側から来た存在に等しかった。所詮はよそ者、出鱈目を並べているだけだ、疥癬病にかかった野良犬たちに囲まれたあんな暮らし、暮らしとは言えない。このハウサの地に、この土地の上に、どうあがいても爺さんの根を張らせることはできなかった。ダム建設問題に絡んで、トゥンジェリ［23］の地にムンズルという名の川があることは知っていたけれど、ケキル爺さんが十二歳の頃にそこで何が起きたのかなど、知る由もなかった。

それからかなりの時間が経ってからのこと、ケキル爺さんの姿をバスターミナルで見かけた。おそらく、またエディルネまで行ってきたのだろう。右手に薄汚れた包帯を巻いていたので、「ケキル爺さん、手をどうかしたのかい？」と、私は訊ねた。すると、例のごとく私のお袋や女房を罵倒する決まり文句を吐いた。

「おまえはパンくずほどの頭もないのか！　わしの手はズタズタのボロボロになっとるのを知らんとでもいうのか？」

爺さんは、話をしているときやっと立っている状態だった。髪の毛は乱れ切っており、目はすっかり血走っていた。

「こりゃ失礼した」私は仕方なく言った。

「そうだった、銃弾があんたの手に当たったんだったな」そう言うと、爺さんの態度は少し軟化し、独り言を呟きながら立ち去った。そして、ターミナルの真ん中で立ち止まった。バスから降りる乗客たちやスーツケースを引っ張る人たちは、そこに生えている木を避けるかのように、ケキル爺さんに触れないように通り過ぎて行った。バスの助手たちが声を張り上げ、スタンドのジエマルがテレビの音量を最大に上げて競馬を眺め、バスはバックしたりカーブしたりしながら駐車場にバスを停めようとしている。そんな喧騒の中で、ケキル爺さんはひとり、ポツンと立ちつくしていた。もうしばらくそこに留まっていれば、待ち続ければ、もう少しで透明人間にだってなれちまう。などと思っていると、爺さんは足を引きずりながらこちらに引き返して来た。

「中でも一番辛かったのは、心に突き刺さったのは、犬だったんだ。わかるか？」

「犬？」

［23］デルスィムの現在の地名。

「そうだ、犬だ。犬は腹を空かせると死体を食い始めた。十日もすると犬どもは人間の肉に慣れちまった。人間の肉を食べ続けた挙げ句、人間化した。視線や声音も変わっちまった。しまいには死体に飽きて、生きている人間を食べようとした。森で待ち伏せなんぞしやがった、あの下衆な野良犬ども。洞窟で身を潜めていた人間たちを、待ち伏せしていたんだ」

私はケキル爺さんの腕をとった。ふたりでゆっくりと歩き始めた。爺さんの身体は、話すほどに重くなっていった。

「あの兵士…。泣いていた兵士。わしをムンズルに突き落とした兵士だ。わしはその後、岩の間に根を張った一本の木に引っかかって、四日と四晩、その岩の裂け目に身を隠したんだ。水が身に染みてな、痛みのあまり暴れ狂ったさ。水はすぐそこにあるのに、一滴もわしの喉もとを通らない。ムンズルは血まみれだった。叔父さんたちが浮かんでいるんだ、飲めるはずもなかろう？なんとかそこから這い出ると、洞を見つけた。それから二十五日間、一粒の麦も口にしないまま、洞の中で半分気絶した状態で日を数えた。あの時、目にした柳の木もポプラの木も何もかもが、別世界のものだった。黒ヘビやムカデや蟻の姿が脳裏から離れない。死骸にありつこうとしてクネクネとわしの身体の上で蠢いていた。いまだにあの時の蟻に噛まれた痛さを感じそうになることがある。あの連中は、ペンチでわしの心臓を引き抜いたんだ。何日か後、胸の上に何か重い物が乗っている感じがした。大きな犬がわしの傷口の臭いを嗅いで、鼻先でわしの肉を揺り動かしていた。その時だ、わしは一気に気力を取り戻した。あるいは、それは怒りだ。すべての怒りの気持ちをその犬にぶつけることにした。動物が敵に向かう時、どんなふうに無我夢中になるか？わしもまさにその通りに一心不乱に敵の喉もとに飛びついた。わしがあいつをやっつけるか、あいつがわしをやっつけるか、ふたつにひとつだった！　犬は喉の奥から唸り、わしは怒鳴る。すると相手は痛みのあまりウッウッウッと唸り、ピョンと後ずさった。ふと見ると、わしを銃剣で刺したあの兵士。銃剣を犬に突き刺したらしい。その時だ、わしが自分の苦しむ様を、その兵士の瞳の中に見たのは。兵士は、蟻たちが半分になるまでむしばみ、ムカデたちが住みつき、犬たちが死骸と勘違いしたわしの肉体を見つめていた。手には銃剣。わしの顔を見つめているこの兵士は、死の天使アズライールか、それとも大天使ジブリールか。どこの誰なのか、わしには知りようもなかった。わしはトルコ語で『腹が減った』と言った。あまりにも空腹だったので、どんな言語でも、それを表現することができた。兵士は胸もとから乾いたパンを取り出した。が、パンを渡す前に、銀貨を持っているかどうかを訊ねてきた。兵士とて肉と骨でできた人間に違いはなかった、というわけだ。犬ほど野蛮でもなければ、ムカデほど上の空でもない。なじみのある当たり前の人間だった。ベルトに隠し持っていた一枚の銀貨を彼に差し出すと、彼はわしにパンを出した。それをわしは受け取ったのかどうか、はたまた食べたのかどうかさえ、いまだに思い出せないままだ。わしはパンに手を伸ばしたその時、目の前が真っ暗になり、気を失った」

　ケキル爺さんの話は、この言葉を最後に締めくくられた。爺さんは話すほどに消耗していった。私の腕から出ると、私を軽く押しやった。自力で左右に身体を揺らしながら遠ざかって行った。歩くほどに、子どもの頃に負ったすべての傷が、新たに傷口を開いていった。爺さんがあの重い足取りで去っていった時、私の心がどんなふうに押しつぶされたか、言葉ではとても言い表せられない。

　数日後、犬たちの吠え声で目が覚めた。ケキル爺さんの犬たちが、共和国地区のてっぺんに登って吠え続けていた。どういうわけか、私にはケキル爺さんが死んだのだとすぐにわかった。朝になって爺さんの家に行くと、町じゅうのしっぽなしの猫から片足の猫まで、猫という猫が毛布のようにケキル爺さんの上に寝そべっていた。頭だけが見えていた。まつ毛には目やにがこびりつき、口もとは軽く開いていた。アッラーの御業か、あの時のケキル爺さんの表情は、私の目には随分違って見えた。死んだらまったく別人になってしまったようだった。人ってものは、表情が緩むとすべての思い出も消え去ってしまうものなのか。ケキル爺さんの苦しみは、ひとかけらも残っていないようだった。

死亡診断書の提出のために役所から派遣された医者が、家に入るのと出るのは、ほぼ同時だった。

「とっくに死んでいますよ、名前は？　ケキルね……。で、苗字は？」「知りません……」「それはいけません、どうにかして身分証明書を見つけ出してください」

葬儀屋がケキル爺さんの遺体を布に包んで役所に運んで行った。私とエスマは、口もとにスカーフを巻き、身分証明書を探し始めた。引き出し、ベッドの下、箪笥の中、探していない場所は残っていなかった。ふと、思いついた。ケキル爺さんはここへやって来た二十年前に、小さなトランクを持っていた。間違いない、あの中にあるはずだ。食料貯蔵庫の一番奥に、新聞の山の中からそのトランクを引っ張り出した。

あらゆる紙類、古いトルコ語の手紙に封筒……。身分証明書は、トランクの裏地の中に、アダナに所有している三軒の家の権利証書と一緒に紙袋の中に入っていた。身分証明書の写真は随分古いものだった。四十歳ぐらいの頃、大柄な男だった時に撮られたものらしい。彼が話していたような、銃剣で刺されて身体が不自由になって、犬たちの餌となったような苦痛の面影は、その表情にはなかった。身分証明書の名前はヌスレット・カラマンとあった。出生地はアダナの中心地。そこにはケキルの「ケ」の字もなかった。大地がぱっくりと裂けて、その中に呑み込まれてしまったのか、ケキル爺さんなる人物など、かつて存在したこともなかったかのようだった。

次に、なめし皮の袋の中から何十枚もの写真が出てきた。このヌスレット氏、妻がいるらしい。赤ん坊たちを抱いて、ベンチに座っている。滝を背景にした写真。別の写真ではサッカー選手たちが二列に並んでポーズをとっている。これはこれは、ヌスレット・カラマン氏……、「アダナ五月十九日スポーツクラブ」所属のサッカー選手だったとは。真ん中に立ち、胸を膨らませている。他には家族の写真が沢山。成長した息子たちのもの……、胸に抱かれた孫たち……、酒盛りの時の写真が次々と……。

なめし皮の袋の中から出て来た最後の写真は二つに折り畳まれていた。折り畳まれたところが今にも破れてしまいそうだ。兵士の一団が肩を組んで微笑んでいる。ヌスレット・カラマンは、兵役仲間にぴったりとくっついて、ぼんやりとした目で前方を見つめている。あの広場で、十二歳の男の子と目が合う前の写真だ。ケキルの存在をその時の彼は知る由もない。写真の裏には几帳面な字でこう書かれていた。

デルスィム　一九三八年　われわれはクルド人全員をやっつけた。

祖父の勲章

ヤウズ・エキンジ

僕らはエフラートゥン・カフェに居た。レンギンが急に振り返って僕を見た。彼女にそんな視線を向けられて、僕はこれから彼女を僕の家族と会わせるのだという甘い興奮に満たされた。今日、僕は彼女を家族に紹介し、「この人が僕の愛する人で、結婚したいと思っている女性だ」と言うつもりだった。十五日前には彼女の家に行き、向こうの家族と知り合っていた。笑みを絶やさず、いまだ小さな娘のようにレンギンに接する彼女の母親は、僕のことを気に入ってくれたようだった。しかし、父親は僕に対して他人行儀だった。二言目には若かりし頃の話題を出鱈目に並べては、昔——今や絶滅した彼の世代の革命家精神というやつ——を懐かしがっている様子があからさまだった。正直なところ、教員時代に地方勤務に耐えられず退職した元教師として、この手の態度は予想がつくものだった。

「この国は一人前になれない。この国には真の革命が必要だ!」——これぱかり繰り返していた。

人々の交わす、囁くような声が交差するカフェで、レンギンと目が合った。彼女は僕の家族と会うことに不安気な様子だった。髪を整え、鼻と眉にいつも付けているピアスは外していた。破れたジーンズの代わりにスカートを履き、露店で買ったTシャツの代わりにブラウスを着ていた。かくして、生命の木と鳥と魚のタトゥーは青色の下に閉じ込められることとなった。レンギン自身もこのコミカルな状況の中に閉じ込められ、むっつりしていた。こまめに青いブラウスの袖を引っ張ったり、襟をただしたりして、「タトゥー見える? この髪型どう?」と訊いてきた。こちらがどんなに賛同する相槌を打ったところで、到底信じられないといった視線を僕に返し、「ああもう、こんな服を着るなんてうんざり……」と不平をこぼしていた。

不快感から風船のように膨らんだレンギンは、緊張を解きほぐそうとしてふと立ちあがり、棚から新聞を四つか五つ選んで席に戻ると、熱心に読み始めた。レンギンは歩く通信社のようだった。僕には新聞を読むなりニュースを見るなりする習慣がなかった。ニュースを見ようと思ってテレビの向かいに座ったことなど、片手で数えても余るぐらいしかない。ニュースに興味がないわりには、地下鉄やボスポラス海峡を渡るフェリーやバスの中で誰かが読んでいる新聞を盗み見するのは好きだった。とはいえ、盗み見している僕に気がついた新聞の持ち主に新聞を渡されても、せいぜいスポーツ欄や芸能欄を見て持ち主に返すのが関の山だった。レンギンは僕のこの性格を熟知しているので、「新聞持ってくれば?」と笑いながら意地悪を言う。だけど、僕が新聞を最初から最後まで読まないことなど承知しているので、面白いニュースは僕に教えてくれるのだ。一度など、彼女は新聞を読みながらケタケタ大笑いし、笑いすぎて流れてきた涙を拭きながら、「このニュースすごいよ。この男、おかしい。公証人はそれよりもっと変よ」と言った。それは、イスタンブルに住むある男が、自分の見た夢を公証役場で承認させたというニュースだった。裁判所の前で男が報道陣を前にポーズをとっているのは、とある飲料水の会社が流しているテレビCMが、自分が見た夢と同じ、という理由から。男は、夢を盗んだとして飲料水の会社を訴えたのだ。

不意にレンギンが顔を上げて僕のほうを見たと思ったら、怒りで新聞を僕の眼前に掲げ、「この連中のしでかしたことを見てよ! 信じられない。こいつらは、人間性とはいっさい、関係ないわね。無慈悲な連中。帽子をかぶったこの軍人を見て。恥ずかしがるどころかにやついているわ」と、一気にまくしたてた。

目の前に近づけられた新聞に載っている写真を見ると、突然、祖父と目があった。僕は恐れおののいた。胃がむかむかしてきた。パニックと戸惑いと恐怖で、テーブルの上のコーヒーカップに手がぶつかってしまった。コーヒーカップは、テーブルの上を転がったかと思うと、床に落ちてしまった。他のテーブルに座っている客たちが僕のほうを見たので、一瞬落ち着かない気持ちになり、怖くなった。まるで、カフェに座っている客たちがしばらくしたら僕の正体を見抜き、人さし指で僕を指さし、互いに「ほら、あいつだよ！　壁際のテーブルに座っているあの男。アルバイ・ルファットの孫だ！」と言いだすのではないかとパニックになった。小さくなって消えてしまいたいと思うあまり、椅子の上で身を縮めた。他のテーブルの客たちが視線を僕から外し、それぞれの物語へと戻っていくと、ようやく僕は一息ついた。

件の写真に写っている三人のことは、すぐに誰だかわかった。賑やかで陽気なタフスィン叔父さん。叔父さんは僕らの家に遊びに来ると、キャビネットからアルバムを取り出し写真を眺めたものだった。時には僕を抱っこして、写っている軍人たちをひとりずつ僕に紹介した。

「これがおまえの爺さんのルファットだろう、これがムスタファ、こっちがパイロットのネジュミだ……」叔父さんは決まって、ため息とともに「嗚呼、わしらも年をとったものだ」と嘆いた。紹介した軍人たちをひとりひとり指さしては、この人は誰でしょう、と僕にクイズを出した。僕が名前を言い当てると、嬉しくなって僕にキスをし、抱きしめた。そんな調子だから、ある時など軍人の大集団の中からまず祖父を、次いでタフスィン叔父さんを指すと、あまりの嬉しさにすっかり機嫌をよくし、ポケットに手を突っ込んでお金を僕に渡しながら、「近所の友達全員にソーダをご馳走してやろう」と言った。

カフェの従業員がほほ笑みながら僕の顔と新聞を見るので、目を合わせないように俯いて、素早く床に散らばったガラスの破片へと視線を移した。突然、祖母が僕について言った言葉がよみがえった。

「この子はお爺さんに似たのね。お爺さんも眉毛が濃くてまつ毛が長いもの……。この子もお爺さんに似てハンサムだわ……」

祖母の声が耳の中で大きくなるにつれ、額に数千の釘が刺さり、口の中にはさびついた鉄の味がひろがった。僕は祖父に似ていなかった。これっぽっちも、似ていない。それとも、似ているのだろうか？　母だって、父の母である僕の祖母に向かって、僕が似ているのは祖父ではなく、母方の叔父のジェマルだと言い張っているではないか。祖母はこれを言われると気が立ち、イラついてすばやく立ちあがり僕を掴んだと思うと、客間の壁にかかっている祖父の大きな写真の下に連れて行って、「顔、目、口、鼻、濃い眉毛、よく見てごらんよ！　ルファットにうりふたつじゃないか、そうだろう？」と詰問するのだった。

あの頃、家の壁にかかっている祖父の制服姿の写真をこっそり誰にも知られないように眺めては、祖父に似ていることが嬉しくて、誇りに思ったものだった。母が似ていると主張していたジェマル叔父さんになんて似たくなかった。なぜって、叔父さんの家には大きな写真もなければ、アタトゥルクから授与された大きな勲章もなかったから。一度など、こっそり祖父の部屋に入り、しまってあった勲章を持ちだし、ノートの後ろのほうのページの上に勲章を置いて、鉛筆で輪郭をなぞって写しを作ったことがあった。次の日、後ろの席の友達にそのノートを見せているところを先生に見つかり、「僕のお爺ちゃんが戦争で勝ってもらったものなんです」と言ったら、先生は態度を軟化させ、驚きを禁じえない様子でアタトゥルクのサインに見とれ、「この勲章をきみのお爺さんに、かの偉大なる指導者アタトゥルクが授与したと？」と質問してきたので、誇らしげに「そうです、先生！」と僕は答えた。

先生は「これは貴重な勲章だ」と言って、勲章の写しのページを慎重に切り取り、周りを飾りつけてクラスのボードに張り出した。

勲章の真ん中の大きなサインは、教室の壁にかかっているアタトゥルクが若者たちに垂れた訓示である「若人たちへ」にも、校舎の入り口のアタトゥルクの写真にも、壁の「トルコ人よ、誇りに思え、勤勉であれ、信頼せよ！」という言葉の下にも、教科書にも書かれていた。サインを見るにつけ誇らしい気持ちで胸がいっぱいになり、祖父の勲章をさらにいっそう誇らしく思うのだった。その日からというもの、僕は先生とクラスメイトに一目置かれる存在となった。四月二三日の独立記念日や、十月二九日の共和国記念日、十一月十日のアタトゥルク追悼日などに、クラスを代表して詩を詠むのは僕だった。

その頃の祖父は、随分疲れた様子だった。ある日の夕方、僕のわがままをきいてくれて、物真似ごっこに付き合ってくれた。ガーガメル[24]のような声を出して僕のほうに向かって歩いてくる途中、祖父は突然うつぶせになって倒れてしまった。倒れたふりをしているのだと思って、僕は声をあげて笑った。立ち上がって僕のところにやってくるだろうと思って待ち構えていた。でも、祖父は微動だにしなかった。魂を抜かれ、まるで抜け殻のようにその場に寝転がっていた。僕は祖父に近寄って、鳥の羽で耳をくすぐって羽衣草のような形をした祖父の手が動かないか待ってみたが、無駄だった……。祖父の耳もとで、「お爺ちゃん！　もう起きてよ。一緒に『スマーフ』観ようよ。ねぇ、お爺ちゃん！」と呼びかけた。祖父の頭をひっくり返して、なんとか祖父の目を見ようとしてみた。それでようやく、額の血に気がついたのだった。母と父が走って部屋まで来た時には、祖父はまだ床でうつぶせになって寝ていた。救急車が呼ばれ、白衣を着た男の人たちが祖父を病院に連れて行った。

その日の夜、僕はひどく怖かった。母に抱きついて「お爺ちゃんよくなる?」と何度も訊いた。母はいつものように大丈夫という顔で僕を見て、「よくなるわよ」と言ったが、母の声は湿り気を帯びていた。自分の言ったことを自分でも信じていないようだった。

祖父が倒れた次の日の朝、父は、祖父同様軍人だった父方のイスメット叔父さんとイタリアの大使館に勤務する父方のウルケル叔母さんに連絡し、祖父が病気になったことを伝えた。

一週間もすると祖父は退院したが、もはやかつての面影はなかった。みんなのことを忘れてしまったようで、僕と物真似ごっこをしてくれなくなったし、『スマーフ』を一緒に観てくれることもなくなった。僕のことは時々思い出してくれたが、母とお婆ちゃん、ウルケル叔母さんとイスメット叔父さんのことは思い出せなくなっていた。仰向けに寝た状態で腕をだらりとさせ、みんなのことを初めて見たと言わんばかりに、戸惑いの表情を浮かべていた。時にはむくっと起き上がり、乾いた瞼をぱちぱちさせ、部屋にいる者たちの顔を見て恐れては、泣きそうになることもあったし、笑いながら脈絡のない言葉で何やら話をすることもあった。祖父の中に精霊でも入り込んでしまったかのようで、落ち着かない様子だった。

見舞いに来た人たちは、祖父の部屋から出てくるとショックを隠しきれない様子を見せた。「ル

［24］ アニメ番組「スマーフ」に出てくる魔法使い。

ファットはすっかり頭がおかしくなってしまった」と言う者や、「一体ルファットに何が起きたんだ？　あそこまでの作り話なんて、できるものかね？」などと戸惑いながら問うては、母や父を見つめた。見舞い客たちがそのようなことを呟きながら我が家をあとにしてから、残された僕たち家族は考え込んでしまった。

あるときのこと、父と母が話をしているのを偶然耳にしてしまったことがあった。

「来てくれた人たちに突拍子もない話をしているんだよ。生きたまま人間を焼いて埋めたとか、家に火をつけたとか、死体を川に投げたとか、女たちを刺したとか、反逆者の頭を切り落としたとか言っているんだ。爺さんのこの話に、皆信じられないといった様子だよ。昔から家族ぐるみで付き合いのある親友のセリムでさえ、そう思っている」父はそう言っていた。

その日からというもの、父は祖父に薬を与え、祖父を眠らせ始めた。祖父はある晩、床に伏せたまま死んでしまった。壁にかけられた写真、クローゼットの服、引き出しの手帳、ガラスケースの中の勲章。そういったものたちだけが残された。

レンギンとカフェから僕の家に向かう支度をしながら、僕の目は新聞に載っている写真に釘づけになった。次いで、家にあるいくつかの写真のことを思い出した。もし、レンギンが壁にかかった写真を見て祖父のことを見抜いたとしたら、あるいは、父が僕たち一家の歴史を語るとき、自制できずに祖父の大きな勲章を持ってきて彼女に手渡したりでもしたら。あるいは、新聞で見た写真と壁の写真を見比べて、件の軍人が祖父であることを、レンギンが見抜いたとしたら……。そんなことをあれこれ考え込んでいたら、祖父に対するあこがれの気持ちがあったその場所が、深い空洞になっている感じがした。そして、写真に写っている軍人が祖父であることをレンギンが知ったら、全てが台無しになってしまうのではないかと思い、恐ろしくなった。時代遅れだと僕が思ったレンギンのお父さんに、僕が件の軍人の孫だと知られたらと思うと、息ができなくなった。冷たい汗で体が湿った。僕は母に電話をかけた。電話を切ると、レンギンと目を合わせないようにしながら、ジェマル叔父さんが危篤で、母と父は今夜お見舞いに行くことになったと説明した。「食事会は明日に延期してもいいかな？」レンギンは僕のこの提案に飛びついた。「それじゃあ、この服すぐに脱いでくるわ。苦しくてしょうがない」と言って、彼女は自分の家に帰った。

レンギンと別れると、僕は大通りや路地を目的もなくぶらついた。時折、みんなの視線が僕の上に注がれているような錯覚に陥り、気持ちがひるんだ。コーヒーハウスから聴こえてくるテレビの音や車のクラクションが頭の中でこだまし、建物が僕に倒れかかってくるような感じがした。家に着いたときには夜も深まっていた。母がドアを開けてくれた。僕が一人で帰ってきて、しかも心配事があるような緊張した様子なのを見た母は、何かよからぬことがあったのだと理解した。僕はひと言も発しないまま、翼の折れた鳥のように家に入り、客間に向かった。家は今までと何ひとつ変わった様子はなかった。壁にかけられている祖父の大きな写真の前にたたずみ、祖父の顔、目、笑みをたたえた唇、頭に被った帽子、肩章、胸にかけられた勲章に焦点を合わせ、しばらくじっと見つめた。自分の部屋に戻り、ベッドに横たわった。目を閉じて寝ようとすると、写真の男の顔やつむった目、たっぷりの口髭が、眼前にひろがってきた。豪雨のように、切られた頭部や耳、焼けただれた肉、切り落とされた指、串刺しにされて穴だらけになった死体が、僕に向かって降り注いできた。誰の顔なのかまではわからなかったが、しばらくすると、全てが祖父と一緒に写真の中でポーズをとっていた男たちの顔に変わった。

　ベッドから起き、机の上に置いてあった新聞を引き寄せ、繰り返し祖父の写真を眺めた。祖父とタフスィン叔父さんは前に屈んでいた。祖父はキャップ帽を被っていたが、タフスィン叔父さんは何も被っていなかった……。二人の間には、祖父のアルバムの写真に写っていたパイロットのネジュミ叔父さんがいた。膝をついて屈んでいるこの三人の軍人は、頭部を一つ、あたかもカップを掲げるようにして掲げていた。その後ろには、立っている二人の軍人の体が半分だけ見えていた。後ろの二人は前の三人の肩に手を置くことで、祝福をするかのようなポーズをとっている。三人の軍人の上機嫌さに加わっているようだった。祖父とタフスィン叔父さんが二人して切られた頭部の髪を掴んでレンズに向かってポーズをとっている一方で、その頭部の目は閉じたままだった。

　僕は、写真の下の記事の続きを読んだ。首相が公式に謝罪し、記録が公開されたと記事は伝えていた。その「デルスィム作戦」において、洞窟の中の人間が生きたまま焼かれたことや、殺された死体はムンズル川に流されたこと、男たちが集められいっぺんに串刺しにされ、親を失い孤児となった小さな女の子たちは、将校たちのお手伝いとして引き取られたと書かれていた。僕は体の毛が逆立つのを感じた。ここに書かれていることを考えれば考えるほど、僕の中で何かが次々と地面に衝突し、割れていく感覚がした。真っ暗闇の洞窟の中で火に炙られた人たちが泣き叫んでいるその時に、人生の終焉を迎える最後の日々にそうしたように、祖父が声をあげてカッカッカッと笑ったところを思い浮かべると、恥ずかしさのあまり涙が溢れてきた。

「弾丸一つ、いくらだと思っているんだ」と言って、広場に集めた男たちを撃ち殺す代わりに、弾丸をけちって兵士たちに「連中を串刺しにしろ！」と命じた司令官は、もしかして僕の祖父だったのか？　僕の頭を撫でてくれたその手で、人間を殺しムンズル川に投げたのかと思うと、胃に刺さるような痛みを感じた。記事を読めば読むほど、祖父とタフスィン叔父さんとパイロットのネジュミのことを思い出し、思い出すほどに彼らに対する敬慕の情は火にくべられた干し草みたいに焼けて消えていった。僕は耐えられなかった。まるで、胃袋に次々と太い針が差し込まれているようだった。僕は、激痛にあえいでいた。祖父が髪を持って掲げていた斬られた頭部の顔が、僕の瞼に張り付いてしまったみたいだった。朝まで一睡もできなかった。

一つ向こうの通りのモスクから朝のエザーン［25］が聞こえ、やがてゆっくりと夜が明けていった。レンギンが今夜僕らの家に来ることと、家にある祖父の写真のことを考えると、途方に暮れて胃が縮まった。彼女が来るまでの間に家じゅうの祖父の写真を壁からどうやって下ろすかを考えあぐねた。そんなことをあれこれ考えて途方に暮れながら、立ち上がって部屋を出た。母は寝間着のまま客間に座っていた。

僕は母の顔を見ながら、「レンギンが来るから」と言った。

壁に掛けられた祖父の大きな写真の前で、僕は立ち止まった。壁から外そうと苦戦していると、手が滑って額縁が床に落ちてしまった。父が慌てて客間にやって来た。「どうした？」とでも言うように僕の顔を見た。

「今夜、家にレンギンが来るから」と僕は言った。父は戸惑った様子で、「それはわかっている

［25］　礼拝のよびかけ。

が、何の関係があるんだ、どうして写真を壁から外したんだ?」と訊いてきたが、僕にはもはや答えるだけの気力が残っていなかった。

答える代わりに、僕は部屋に戻り机に置いてあった新聞を持ってきて、祖父の写真が載っている記事を見せた。父は自分の父親と目が合うと最初は困惑し、次に新聞を床に投げつけた。僕の顔を見つめながら自信たっぷりに、「俺は父を誇りに思っている」と言って、祖父の部屋に向かった。

しばらくして僕の前に立つと、例の呪われた大きな勲章を僕に見せながら、「俺の父は祖国のためにトゥンジェリで闘ったんだ。軍事作戦に参加したことを称えられてこの勲章が授与された。俺の父は昨日も英雄だったし、今日も英雄なら明日も英雄だ」と言い、僕の手に勲章を掴ませた。

僕は勲章をあらん限りの力で握った。再び勲章を眺めた。まずは真ん中に三日月と星のある表側を見た。次に「トゥンジェリ第三部隊　作戦実施記念　一九三八年八月二六日」と書かれた文字を何度も何度も読み返した。

父の怒りのこもった表情と、祖父が髪を掴んでいた豊かな口髭をたくわえた男の閉じた目と、割れたガラスの間からこちらを見つめる祖父の自信に満ちた視線、これら全てを携えたまま、僕は家を出るとそのまま墓地へと向かった。

禁じられた故郷

ギョヌル・クヴルジュム

雪は、ここ何日もひっきりなしに降り続いていた。落葉し活気のない枝は、雪の重さに耐えきれず頭を垂れていた。車には氷が張りつき、おかげで勾配ではそりのように滑ってしまう。体当たりする場所ならすぐに見つかった。私と彼の出会いは、このようにして起こったのだった。

その日、私は休暇をとっていた。予定はなにも入れていなかった。雪の中をゆっくり散歩するつもりだった。ただ、道がスケートリンクと化していることを計算に入れていなかった。テゥネル[26]を降り、入り組んだ裏通りを左に曲がり、次に右へ、そして修理工場に似た場所の前を通り過ぎると八百屋があり、少し先の下り坂を降りると廃墟が私を迎え入れてくれた。そこからガラタ塔に向かって歩き続けるつもりだった。でもブーツがそれを許さなかった。靴底はフラットではなかったが、ひどく滑ったのだ。ためらうことなくすぐに帰ろうとしたその時、私の腕にすっと誰かが入り込むのがわかった。

「お手伝いしましょう」

とその人は言った。黒いベレー帽を被っていた。ベレー帽からはみ出している巻き毛の部分に、雪が白い色を付けていた。さっと緊張がはしった。不可抗力である。でも、雪が降っていたし、運命が私たちをその住み家へと手招きした。

十分後、ガラタ地区の小さくて薄暗い一軒のビストロに私たちは居た。ハサンは、何日歩き回っても立ち寄ることがないほど客足の少ない、このビストロのオーナーだった。

私はコーヒーを一杯だけごちそうになってお暇するつもりだった。泡たっぷりのカプチーノ。何気ない言葉が会話を繋げていった。彼が、私の住んでいる地区を訊いてきたのが最初だ。クルトゥルシュ[27]と私は言った。

「そちらは？」

私にとって向こう岸[28]の地区の一つであるという以上の意味を持たない、ゼイティンブルヌに彼は住んでいた。クルトゥルシュの名が彼に想起させたのは、マダム・デスピナの酒場[29]がせいぜいのところだった。私はといえば、ゼイティンブルヌには行ったこともなかった。長年のイスタンブルっ子であっても、崩れるがまま放置されているガラタ城壁の頂上である塔にすら、登ったことがなかった。

「別にどうってことないよ。登ったところで自分のやって来た方角でも眺めるのが関の山さ」とハサンは言った。

「つまりどういうこと？」

塔の見晴台に登ったつもりになって、望遠鏡で地平線を見つめるふりをし、席を立った。今ハサンは、数百キロメートルも離れた東を、山岳地帯のふもとの、緑に覆われたあの町を指さしていた。ビザンツの中心に生まれても、魂は遥か彼方にあった。

生まれ故郷とは別の場所に運命づけられることなどあるのだろうか？　緑色に光る瞳の私の助っ人は、入ってきた客たちの相手をするため、会話を中断して席を立った。私は、客の女のほうがベレー帽を脱ぐ仕草だとか、男のほうが椅子に座るところや、かけているメガネが曇っていく様子を眺めていた。ハサンが再び私の元に戻ってきたとき、まだすべては土の下に埋まったまま

[26] イスタンブル新市街の地下を走るケーブルカー。

[27] 古くからトルコ語でRum（ルム）と称されるギリシャ系住民が多数住まう地区。後に、アルメニア人やユダヤ人も住むようになった。

[28] イスタンブルのヨーロッパサイドは、金角湾を隔てて新市街と旧市街に分かれている。ガラタ地区やクルトゥルシュは新市街、ゼイティンブルヌは旧市街にある。

[29] クルトゥルシュ地区に実在するアルメニア風酒場。

だった。ことばも、写真も、涙も。

例えば彼の母方のお婆さん。追放先の土地であるブルサ［30］の町の山々に向かって、彼女が自分の名を言うことはなかった。ゼリヤ。五年間だけと言われ送られてきたこの新しい村の山々は、彼女の名前を返してくることはないだろう。ゼリヤが家も庭も墓も失ってたどり着いた場所は、やまびこのない、歴史を飲み込む村だった。あの美しい声の持ち主であるゼリヤ婆さんは、名無しになった自分に哀歌を歌った。

「俺たちはlawike（ラウィケ）って言うんだ、哀歌のことを。婆さんは今でも葬式に呼ばれるよ。交通事故で姪っ子を亡くしたときには、その葬式で五時間ぶっ続けで歌ったんだ」

ゼリヤ婆さんは、まだこのとき井戸に向かって秘密を叫んではいなかった。どうにかして地下の道を見つけて、井戸から井戸へ渡り歩いて、孫のハサンの耳に届くことになる、あの秘密を。

ハサンの家族は、別の場所からやってきた人たちだった。

炭火焼き用の土釜の通気口から出る風すら流れて行ってしまった、ある土地から。

ハサンは、デルスィム出身者だった。

そして、ゼリヤ。最初にエルズィンジャンに移り住み、そこからアンカラ、次いでブルサへと飛ばされた時、彼女は四歳だった。そこが国の西なのか東なのか、あるいは北なのか南なのか、理解できないほどにその心臓は小さかった。ハサンとの会話は、考古学の発掘調査に参加するみたいな感じがした。

ハサンは過去の時代にいた。彼の魂は、ここことは別の場所をうろついていた。イスタンブルの地区の一つであるゼイティンブルヌに生まれてもなお、デルスィム出身者であり、どこにも住みつけないこともわかっていた。それから、玉ねぎを好きになれないことも。

「自分の家を持っていても、そこを寝座にできないんだ。友達の家に泊まってるよ。その辺の通りで寝てしまうこともある。叔父たちも、同じなんだ」

追放先の土地での生活でゼリヤ婆さんは玉ねぎのことをすっかり嫌いになっていた。貧しさと自分の足で立ってみせようとする強い意志でもって、吐き気がするほどに玉ねぎを食べた。この嫌気は、自身の子どもたちにも伝染した。さらにその子どもたちにも。それより何年も前、玉ねぎは決してそんなに辛い食べ物なんかじゃなかった。それに、慣れ親しんだすべてを後に残して出発したあの頃、ハルシはまだ、略奪されてはいなかった。ハルシ、つまり、彼らの村。

ハサンは、でも、過去について不運な運命というふうなアプローチはしていなかった。朝、目を覚ますと、ハサンはゼリヤ婆さんのそれを見様見真似でやった。つまり、太陽の光が最初に照らした場所に口づけした。太陽は豊穣をもたらすと、彼もまた信じていたからだ。日の出の時間には、勇敢な唇を太陽の光が最初に照らした場所に触れていた。

私は体が冷えてきて、今度は紅茶を頼んだ。紅茶のグラスは慣れ親しんだ形のもので、私の手のひらを温めてくれた。私が熱い紅茶のグラスにへばりついていると、ハサンはブルサに続いて

［30］ トルコ北西部の町。一三二六年から一三六五年までオスマン帝国の首都が置かれていた。

ウスパルタ［31］へと続く家族の物語を語っていた。追放先の村で病気になっても許可なしに村を出ることができなかったために、いっかな回復しなかったお婆さんの弟のことや、ハサン自身の母親のこと、ゼイティンブルヌでの子ども時代のことなど。

お婆さんが秘密を井戸に向かって囁いたことを、まだハサンは知らなかった。でも、井戸は秘密と同じぐらい深く、眩暈を起こさせるほどの井戸たちが彼を呼んでいた。人が叫んだその声を、閉じ込めてしまう井戸。ゼリヤが一人のとき自分のことを語るために行っていた井戸は、どれも深かった。「おばあちゃん、どこに行くんだろう」そう思っては不思議でならず、跡をつけてみて初めてハサンは気が付いたのだった。ゼリヤ婆さんの悩みが深くなればなるほど、馴染みの井戸では用が足りなくなり、もっと深い井戸を探していたのだ。そして、彼女が新たに見つける井戸は、以前の井戸よりももっと底なしだった。

お婆さんのおかげで、ハサンも井戸のことを学んだ。子どもの頃、ゼイティンブルヌには石炭関連企業の所有する土地に倉庫があって、そこにはわんさか井戸があった。同郷のデルスィム出身者の友達と連れ立って出かけ、井戸の入り口に立つと腰半分も身を乗り出し、水を凝視して井戸の中を眺めていた。見つめすぎて一定の時間が経つと、井戸の中にゆっくりと渦巻きが出来上がっていった。ハサンはあの井戸たちのことを忘れなかった。それから何年もして、四代カリフのアリ［32］の人生について読んだとき、ハサンもまた井戸に行って泣いた。

なぜなら、追放生活は終わりを告げることはなかったから。幼少時代は終わり、少年時代も終わったが、追放生活は終わらなかった。今日、私の緑の果樹園は枯れてしまった……。ハサンの母は民謡を歌っていた。クルド語の歌も……。クルド語の歌を好んで歌うようになったので、まだ若いハサンの体はバラバラになっていった。ハサンが一睡もしないまま通りに逃げる頃、太陽は井戸を照らしていた。祖母の秘密のことなど知る由もなく、怒りをその井戸にぶちまけに行った。

　ハサンが叫んでいたその最中だった、ハサンの予期せぬ出来事がおきた。種類のわからないカラフルな鳥が、上空を舞って井戸の入り口に止まった。それはとても風変わりな顎をした赤い鳥だった。連なって仲間の鳥たちも飛んできた。鳥たちは声を発することなく、身じろぎひとつすることもなく、ハサンの声に耳を澄ましていた。と思うと、まるで示し合わせたかのように、一斉に羽ばたいて、ハサンの語ったことばを受け取って飛び立った。

　金切鳥。

「俺が中二のときだった」と言った。「軍人の娘が一人、クラスに転校してきた。あの頃の僕たちは、よく放課後になるとバスケをしに行ってた。結構仲良くしてたんだよ。ある日バスケに行く途中、みんなバルックエスィル[33]出身者ばかりだったんだけど、俺の出身地を聞いてきたから、俺、デルスィム、トゥンジェリ出身[34]だって言ったんだ。それでも、みんな俺とは遊ばなくなったし、挨拶もなくなった」

「追放、深いひび割れ」という自分の声を私は聞いた。そう、それは私の言葉。でも、ハサンの

[31] トルコ西部、地中海地方の町。

[32] 六〇〇（頃）～六六一年。イスラームにおける第四代正統カリフにして、イスラームの預言者ムハンマドの娘婿。また、シーア派の初代イマームでもある。六六一年にモスクで祈祷中に暗殺されて死亡。

[33] トルコ西部の県。

[34] デルスィムは一九三五年の法改正により、トゥンジェリという名前に変更された。

ものだったかもしれない。

ブルサからウスパルタへと送られ、三十路を過ぎてからトルコ語を学んで看護師として働き始めたゼリヤ婆さんの孫のハサン。数時間の時間が経過し、私は彼のことをどんどん知っていく。あるいは、知ったつもりになっていく。まだ、発掘調査で山ほどの写真も涙も出てきていない状態で、どれだけ相手を知ったと言い得るだろうか？

私はビストロにいる。ハサンの顔を見つめている。彼のお婆さんはドゥズギュン・ババの存在を信じていた。動物の守護者と考えられており、人々が願掛けをするドゥズギュン・ババのことを。彼女の信じるところによれば、生き物はとても価値がある存在だという。蛇も含まれるし、熊も、なんでも等しく。ゼリヤ婆さんは村で熊が出ると、熊とお喋りを始める。ほかのピュルミュルの同郷の人たちと同じように。熊は、彼らの信じるところによれば神聖だったから。もし熊が道を明け渡さないのなら、あなたのほうが熊の道に迷いこんでしまった、ということになる。そのせいで、日が暮れるまで待ちぼうけたことが、お婆さんには何度もある。

Haleb ere. 私たちの惨状。ハサンはお気に入りのメロディーを口ずさむ。彼のデルスィム人としての心の中、人の気配のない細道を私は暗記する。

ところで……。過去、それも、私のほうの過去から、一人の名前。ジャネルのことが思い出され、笑ってしまう。それに、いろいろあったけれどそれでもまだ笑えるというそのことに喜ぶ。ジャネル。青春時代の入り口で、グループ・ヨルム〔35〕の音楽を聴きながら共に過ごした。追放の日々とは別の傷を負った友達。あの有名な詩をコンサートで友達たちと一緒に合唱する。

デルスィムの山に登って
民謡を歌うのさ

人間性に対するオープンな心を持ったジャネル。勇敢で冒険好き。でも、デルスィムのことは知らない。歌詞の一部を、「メルスィムの山に登って　民謡を歌うのさ」と歌ったことを白状する。自分の正当性を主張するために、当時インターネットなんてものもなかった、あったとしても、「デルスィム」の文字なんて書かれちゃいない、あの頃はなんだって禁じられていたんだから、そう言って誤魔化している。

このことをハサンに話してやった。私たちは初めて一緒に笑った。

でもまだ、多くは土の下だった。

「俺もほかの連中みたいに、気楽に金角湾越しにアヤソフィアを眺めたり、薄汚れた空気の層の下の旧市街を眺めたりできたらなぁ」とハサンが言う。「何もかも空想の物語ならよかったのに。この町も、この歴史も、過去も。セリム一世[36]も、大掛かりな戦役の数々も、ファトワー[37]に従って殺された人たちも。いつか…」

[35] トルコのロック・フォークグループ。政治色の強い歌をトルコ語だけでなく他のアナトリアの言語でも発表している。

[36] オスマン帝国第九代皇帝。（在位一五一二年〜一五二〇年）。

[37] イスラーム法学者による、法学上の勧告。

いつか……。真実が土の下から掘り起こされるまでは。

「私にはもう一人、きょうだいがいるのよ」

太陽は、寝室の酸化して黄ばんだ壁に最初に触れる。誰にも告げることができないままの秘密のせいでひび割れた唇で、私は壁に口づけをする。私は女。名はナディア。ゼリヤでも、ヒュマでも、ナディアでも、女は女だ。私は許されるために、この世に子どもを産み付ける。そうしておいて、子どもたちの人生のためといって、他人に頼み込む。

私は女で、好きになってはいけない男に恋をする。名はナディア、しかも、子持ち。彼女がどんなに美人でも、魅力的でも、ただただ、その名を冠しているがために、その女はおまえには相応しくない、と男の家族が言う。男はトルコ人。私の名前はナディアで困ったときは台所に閉じこもって、私が知っている唯一のことをする。神と対話する。

こんなに心が折れてしまった人間は、その後どうやって人生にしがみつけばいいのかと、神に問う。ハサンと出会う一晩前、留まるところを知らぬ勢いで私は酒を飲む。勇敢であって欲しいと私が願っていた男は、私が彼を赦すことを願い、私はおう吐するまで飲む。別に大したことじゃない、だいたい大したことなんてあるものかと、心の中で問いを発しながら。男は、君のことは決して忘れないよ。でも、家族を犠牲にはできないと言う。大したことじゃない、最後にもう一度私は言う。

それからだ、ハサンが私の腕に滑りこんできたのは……。壁際がちっとも暖まらないあのビストロを出て、私たちはよく知る道順に従って、海辺へと降りて行った。ハサンが語る石畳や、階段の脇に立ち並ぶ今にも崩れ落ちそうな古びた家々や、実をつけるその時をひっそりと待ち構えている無花果の木々を、私は知っている。ただ、海にたどり着く前の無花果の木のすぐ後ろには、古びた品々や安楽椅子が散乱していて、以前は全くその存在を知らなかったとある庭と、その庭の真ん中にある、これまた私の知らない井戸があった。井戸のところでハサンは、お婆さんの秘密を私に囁く。

ゼリヤ婆さんは、デルスィムのことを決して忘れはしなかったのだという。禁じられたそのことを。

ゼリヤ婆さんは六人きょうだいだった。うち一人は、追放のことを思い出さないほうの道を選んだ。別人になること。ウスパルタからこっそりイズミルに逃げ、家族を拒絶した。デルスィムの名を、口にすることをやめたのだった。いつか……。

「ある日、今はもう使われていないこの井戸の周りに座って、子どもの頃のことや子どもの頃危険だった場所のことなどを思い出していた時、二羽のカラフルな鳥が来て、井戸の入り口に止まったんだ。『私にはもう一人きょうだいがいるのよ』井戸がそう喋る声を、俺は聞いたんだ。それは、ばあちゃんの声だった。俺が間違えるはずがないんだ、俺はばあちゃんの声を覚えているから。だからって、そんなのナンセンスだろう、俺が知っている限りでは、ばあちゃんにはもう一人きょうだいなんていなかったし。その時だよ、ゼリヤ婆さんの失踪のことを思い出したのは。ずっと昔に飲み込んだ秘密を、乾いた井戸が元に戻してくれたんだな。俺はゼリヤ婆さんを探しに行ったよ、狂ったようになってね。ばあちゃんを見つけると腕を鷲掴みにして井戸のところまで連れてきた。ばあちゃんはなんだか随分と疲れた様子だった。自分の秘密を、あたかも他人の秘密でもあるかのように、聞いていた。何度繰り返したかわからないぐらい聞いてから、ついにばあちゃんが俺の手を取って不意に言ったんだ、『そうよ、私にはもう一人きょうだいがいるのよ』あの頃俺はいつだってここに来て、俺に聞いてほしいと待ち構えていた井戸の周りに居たよ。俺自身の叫びが、ばあちゃんの叫びと混ざり合った。

それから、六か月が過ぎたか過ぎないかの頃だ。イズミルのきょうだいが死の床にあるという報せが入ったんだ。『私たちは、デルスィムからやって来た。私には、もう一人きょうだいがいるのよ……』」

金切鳥が再び羽ばたいた。

ここまでの話を聞いて、私はもうお腹いっぱいだった。もう、行こう。会計を済ませたいと思い、立ち上がったその時、

「近いうちに、私ここを出ていくの」と、私は言った。

彼は予期しない発言に、黙りこくっていた。

「イスタンブルは私にはゴミゴミし過ぎてる。もっと小さな町で暮らすことにしたの」

ハサンは、もっと私が弁明をするのを期待していた。でも、ありとあらゆることを、一息に語るなんてできっこない。「話してみて」と彼は言った、まるで、「怖がらないで」と言うような調子で。「話の中心に故郷があるの、この物語には」そうして私は語り始めた。彼との出会いのこと、長い指のこと、私の中に彼が残した痕跡のことを、私は遠慮がちに話していった。「それで、私も住み着くことができないの。一緒に暮らしている家に、例えば、入れないっていうことなの」と私は言った。私たちは黙りこくった。彼が何を考えているのか、気になって仕方がなかった。い

くつもの川が流れていた、この国の東には。ユーフラテス川、チグリス川、ムンズル川。彼のお婆さんは、それらの川の水で体を洗ったことがあるかもしれない。子どもの頃に。その川のひんやりとした感覚が私の顔を撫でる。ハサンの髭もじゃの頬に小さく別れのキスをしながら、この数時間のあいだ私の頭の中を占領していた問いを彼にぶつけてみた。

「ところでハサン、いつの日か本当に行ったとして、私たち、自分のお墓をどうすればいいかな？」

ハサンは、会話の最初に私が発したこの一文を繰り返したことに戸惑っていた。マルディン〔38〕の町の、無人化された村で出会った老女の問いが思い出され、このビストロの真ん中に落っこちたようだった。

おそらくは、今後二度と見つめることもない緑色の瞳が、湿り気を帯びていることに私は気が付いた。店の中には一人、客がいた。閉店まであとわずかだった。

「わからない」とハサンは言った。「本当に、わからないんだ」

〔38〕かつてマルディンはトルコにおけるアルメニア人居住区の一つだった。一九一五年の強制移住でアルメニア人は故郷を捨てざるをえなかった。

訳者解題

作品と作家

1　「カラスの慈悲心」　ヤルチュン・トスン

主人公は、デルスィムの虐殺の生き残りの女児で、トルコ人将校の家庭で養女となったのだが、自分の身の上に起きた事実を、「夢の中で見る」だけにとどめている。それが、自身の物語であることを、受け入れていない。

すべてを見ていたのは、カラスであり、そして、主人公のすべてを受け入れてくれたのは、エスマー・カルファだけだった。エスマー・カルファ亡きあと、幻と化したカラスが、主人公に「真実」を告げに来る…。少女が「夢の中で見た」あの空は、カラスでびっちり漆黒に覆われていたが、今では真新しく作られたみたいな空が広がる——。しかし、そこにはそこはかとない哀しみだけが横たわっている。

この物語の背景には、おびただしい数の「養女となった女児の物語」がある。一九三七年から一九三八年、デルスィムの地に対して行われていたのは、軍事的、政治的、文化的な矯正と見せしめであり、住民のトルコ人化とスンニー化を計るための国をあげての政策の表れだった。虐殺された住民の数もさることながら、トルコ西部の都市へ強制移住させられた住民の数も多い。また、あまり知られていないことだが、この物語の少女のように、女児が軍人や政府役人の家庭で養女としてもらわれる、あるいは手伝いとして雇われるといったことが行われていた。この政策は、表面上は封建的な部族社会の解体を目指すプロジェクトなどと言われていたが、当然ながら、同化政策の一環に他ならない。

おそらく、一家のお手伝いさん、あるいは子守として雇われていた、エスマー・カルファ。「エスマー」が名前で、お手伝いさんを現す「カルファ」の語は、時代としては、一世代前の話になるだろう。ちょうど、オスマン帝国のスルタンのハレムに閉じ込められた女奴隷たちの身分を現す単語として訳者は認識している。家の中でフランス語を話す軍人、というのも、時代がかった雰囲気を醸し出す一助となっている。

主人公の年齢から察するに、虐殺事件から十年ほど経った頃が物語の舞台だろうか。場所は、首都アンカラかイスタンブルあたりだろう。そうすると、一九五〇年前後だと思われる。

この物語を読んで、訳者が思い浮かべたのは、「幼子が背負う息せぬ赤ん坊」のことである。話はいきなり日本に飛ぶが、幼い子が背負う息絶えた赤ん坊というと、どうしても思い出されるのは、長崎の焼け野原でぐにゃりと首が後方に垂れさがり、すでにこと切れたことが明らかな赤ん坊を背負う、直立不動の裸足の少年の、あの写真。米軍カメラマン、ジョー・オダネル氏の撮影した「焼き場に立つ少年」として知られる写真である。

時代としてはそう違わない。一九四五年の長崎の少年と、一九三七年のデルスィムの少女は、理不尽な暴力のただなかで愛を背負う者として私たちの前に立つ。

デルスィムの物語が、長崎の物語と繋がる瞬間。それは、また、つい最近クルディスタンの瓦礫の中で撮影された、構図があまりにも似ている別の写真にも類似していた。偶然に撮影された写真の背後には、どれだけの類似の状況があるのだろう。ほんの短い物語だが、あらぬ方向へ（あるいは、もしかしたら正しい方向へ、なのかもしれないが）読者はいざなわれ、小説が時も場所も超えてゆく可能性に満ちたジャンルであることを示唆している。

著者のヤルチュン・トスンは一九七七年アンカラ生まれ。ガラタサライ大学法学部卒業。同大学で私法学の博士号取得。複数の文学雑誌で短編小説を発表後、短編小説集『母と父、その他の致命的物事』（二〇〇九）でノートルダム・ド・シオン文学賞受賞、短編小説集『蔓的憂鬱』（二〇一一）でサイト・ファイク短編文学賞受賞。最新作は短編小説集『触り方教室』（二〇一三）。

2 「ムニラおばさんのお伽話」 ジェミル・カヴクチュ

夜伽話として語られるこの短編小説は、なにやら『千夜一夜物語』のシェヘラザードの語りを思い起こさせる類のものである。シェヘラザードの話に魅せられたシャフリヤール王に負けず劣らず、主人公の病気持ちの少女は物語に耽溺する。物語の世界が大人になってから味わうものとは違って、随分と巨大だった時代というものがある。少なくとも、訳者にはある。いまだ、蓄えられた現実の記憶や経験に乏しく、半分は物語の世界に足を突っ込んでいるような時代。主人公はとりわけ、ベッドで寝た切りの少女である。彼女の活動は極端に制限され、人との関わりも少ない。畢竟、物語との蜜月時代が長くなる。

そのような枠組みの中で、私たちはムニラおばさんの語りに耳を傾ける。裏を返せば、そのような枠組みがなければ、受け止めきれないような物語、ということではないのか。

また、この物語は、「カラスの慈悲心」と合わせて読むことで、あたかも、一つの絵画を別の角度から眺めているかのように感じられる。物語が、この順番で並んでいることに意味があると思い、原作通りの並び順にしてあるのも、そのためである。

トルコ政府は、「トゥンジェリ市民の文明化」と称して同化政策を推進。中でも、「母の文化」の継承者である女児らに注目し、幼い女児を強制的に集めて積極的に同化政策を行った。デルスィムの女児らがスンニー派のトルコ人家庭に養女として引き取られていったのは、決して偶然ではない。これに先立って、トルコ語化・スンニー化を推し進めるために、エラズー女子インスティチュートで「教育」と称してデルスィムの女児たちの同化政策がすすめられてもいた。

沈黙というのはどの言語《ことば》でも同じ意味になるのかしら？

少女の脳裏をよぎったこの疑問文に接するとき、人は激しく打たれる。沈黙を強いられてきた人々。それこそ、言語そのものを禁じられた上で、沈黙を強いられてきた人々の物語を、今、私たちは読んでいる。だから、ここに掲載された多くの作品の中で、「沈黙」は重要なキーワードである。

ムニラおばさんの沈黙の源は、ファトマに対して発せられた「クルド語」＝「死」という命令だ。母語を使用することは死に値すると言われた少女は、クルド語で語るのをやめる代わりに、クルド語で沈黙することにした。それなら、殺されないですむから。

でも、実際、ムニラおばさんは沈黙しなかった。むしろ、語り続けた。「語る」ということが、社会に「広く知られ」、受け取り手である「私たち」の好奇心を満たす、という要件を含むとすれば、ムニラおばさんは当然ながら「語らなかった」。しかし、それは、「私たち」が聞かなかっただけのことであり、ムニラおばさんは、他ならぬ、自分のために語った。また、目の前の、小さな聞き手のためにだけ、語った。ただし、それは、死を含む語りだ。

作品中、「クルド語」を禁じられたとあるので、それに倣って「クルド語」とここまで書いてきたが、厳密には「ザザ語」と書かれるべきであったことは付け加えておく。いずれにしても、その言語の使い手の存在も母語も否定されてきた状況は変わらない。

ジェミル・カヴァクチュは一九五一年イネギョル生まれ。イスタンブル大学卒業。一九八〇年代より短編を発表。一九八七年、『小道』でヤシャル・ナビ・ナユル短編文学賞受賞、一九九五年『遠きところへ』でサイト・ファイク短編文学賞受賞。二〇〇九年『アンジェラジョマの壁』でセダット・セマーヴィ文学賞受賞。

3 「ロリ…　ロリ…」　ベフチェット・チェリッキ

加害者と被害者の遭遇がメインテーマのこの物語は、一つの子守歌によって導かれている。この物語で歌われていた歌と同じかどうかはわからないながらも、インターネットで検索するといくつか出てくるので、是非“Lori Lori”で調べてみて欲しい。音楽と共に物語の世界に入れて、かなりイメージが湧きやすいのではないだろうか。

戦争の加害経験によるトラウマを抱えながら生きていた老人は、人生の終盤において図らずも虐殺のサバイバーと出会ってしまう。罪の重さの耐え難さを抱えたまま生きて来たであろう加害者の老人は、自分がかつて「あの村」でなにをしたのか、克明にサバイバーに語り、さらにサバイバーは加害者の孫に、事の顛末を語って訊かせる。加害の経験を語ることの困難さ、とりわけ、それが英雄行為として称賛される中で、自らの加害者性と向き合うことの困難さいかばかりか。

しかし、この物語を「加害者の懺悔物語」として読んではならないのではないか、という疑問もまた頭をもたげる。ここには描かれない、アイテン夫人の人生を思い描いてみる。故郷の名を口にすることさえ、まるで、恥じ入らせるように強いる社会で生きる、慈愛に満ちたアイテン夫人のことを。

故郷の名が「恥」であるなど、一体どういうことなのか。そのようなことを強いる社会の罪深さについて思いをめぐらす。

ある特定の地名が、その人の出自を物語る場合がある。しかし、それは、あくまでも、他者の眼差しの中でのことである。他者の眼差しの中でゆがめられるアイデンティティと折り合いをつけながら生きざるをえない社会のありようを、この作品は問う。

アイテン夫人の言葉が魂のレベルで異なると、孫のアルタン青年が感じるのは、単に、アイテン夫人の母語がザザ語であるから、ではない。言葉にして語ろうとすると、途端に身体に痛みが走るような出来事、というのがある。いや、そもそも、そのような出来事は、語られようと試みられることすら、稀なのかもしれない。

それでも、アイテン夫人は、二度（少なくとも、この物語の中では二度）、語っている。そのことを「勇気」という言葉以外の何で説明していいのか、訳者にはわからない。彼女はおそらく、「国の歴史」というコンテクストで語ることを決心したのではない。目の前の人物に向かって、目の前の人物との関係性のためにこそ語る価値があると判断したのではないか。

それは、もはや「続けて欲しくない」と思うような類の、聞く者の心をえぐるような語りだ。続けて欲しくないとアルタン青年が思うのは、語る人が傷つく姿を見たくない、それ自体がその場を生きる者たちにとっての、とてつもない痛みの経験であるからだ。しかし、アイテン夫人は最後まで語ったに違いない。それは、「一度始めてしまえば、最早黙っていられない」類のものでもあるからだ。そのような場を作ることで、家族を含む、加害者と被害者の記憶の分有の可能性が開ける。ヒストリーという名の国の歴史が、小文字のハストリー(her story)によって書き換えられる瞬間。

アルタン青年は、「誰もが一から十まで知っていなければならないという道理もない」と言う。いわゆる、好奇心のままに、根掘り葉掘り詮索するタイプではない。そして、何一つジャッジしない。アルタン青年は、このシチュエーションで考えられる限り最高の聞き手のように思える。あくまでも、語り手の歩調に合わせ、前のめりになることもなければ、突き放すこともない。

物語は、(兵役に行かれたのは)「いつのことです?」という問いを持って、クライマックスを迎える。空中に放たれないままの四桁の数字(一九三七、あるいは一九三八)が読者の胸に突き刺さる。

トルコでは今現在も兵役は青年男子にとっての義務であるが、学生は兵役年齢を先延ばしにすることができる。今現在、兵役期間がどれぐらいか訳者はわからないのだが、知っている限りでは、一年半のはずである。期間には変動があると思われるが、故人ジェミルもまた、職業軍人としてではなく、兵役期間中に「一年以上」デルスィムでの軍事作戦に参加した。アルタン青年も兵役を終えているところをみると、すでに学生ではなくて社会人なのだろう。

アルタン青年は、イスタンブルに住んでいると紹介されているので、小説の舞台は、アナトリアのどこぞの町なのであろう。イスタンブルに住んでいるのは、おそらく、大学へ進学後、そのままイスタンブルで就職した、などの事情からではないだろうか。アルタン青年にはどこかしら、育ちの良さと冷静さと知的な雰囲気がある。だから、放たれないままの一九三七、あるいは一九三八という四桁の数字を「理解する」だけの歴史の知識はあったのだと思う。

ベフチェット・チェリッキは、一九六八年アダナ生まれ。最初の短編小説を雑誌「ヴァルルック（存在）」に発表（一九八七年）。一九八九年には、アカデミ本屋短編小説賞を受賞。『昼のアルズ』（二〇〇七）で二〇〇八年度のサイト・ファイク短編文学賞を受賞。『刺の先端』（二〇一〇）でハルドゥン・タネル短編文学賞を受賞。他には三冊の長編小説や、故郷アダナについての文章を集めた『アダナで雪の降った日』（二〇〇六）などの著作がある。

4　「重荷」　アイフェル・トゥンチュ

いったい、どれだけの数の勲章が、「デルスィム作戦」で授与されたのだろう。勲章の数だけの、おびただしい物語が、トルコには存在するに違いない。いまだ、初代大統領アタトゥルク（ムスタファ・ケマル）がトルコにおいて崇拝の対象となっていると言っても過言ではない状況からすると、それらの物語の「重み」は、当時胸にかけられた勲章の重みを、誇りを持って体感した兵士たちのそれよりも、ずっと増しているのではないか。

全ての学校、全ての職場にアタトゥルクの写真、ありとあらゆる街角にアタトゥルクの銅像がある。唯一無二の存在としての、建国の父。トルコきってのヒーロー。日本にはアタトゥルクと比較できるような歴史上の人物はいない。

物語の中心に、すでに八十三歳となった当時九歳のネイイレ夫人を配することで、具体的な数字で、時間の流れを読者は感じることができる。娘のセラップ夫人（ネイイレ夫人の母からみたら、孫）とて、五十代以上であると推測され、インタビュアーらは、さらにその下の世代にあたるのだろう。

こんなにも年季の入った重い荷物は、個人が背負うには荷が重すぎる。天国に持っていくには、特に。だから、ネイイレ夫人は格好の機会を得たのだ。あの世に旅立つ前に、しっかりしているうちに、娘に本当の自分史を伝えることができた。テレビのクルーが「立ち直れない」と評した娘のセラップ夫人はその後、どうやって手渡された荷物と対峙してゆくのか。また、証人となったテレビのクルーたち。彼女たちの生きざまは、この物語の外部にある。

トルコで私たちが出会う、普通の、親切な、親日家のトルコ人の多くは、「名誉の勲章」の側の人々である。トルコ国軍の勇敢なる兵士たちが流した血で赤く染められた国旗は、誇りの色である。

ネイイレ夫人の娘、セラップ夫人も、そのことを信じて疑わない一市民である。いや、むしろ、名誉ある市民の子孫である。別のパラダイムを受け入れる気など毛頭なく、素直に国の歴史を誇り、素直にテロリストを憎む。およそ、対話の成立しない場所。訳者の抱く「名誉の勲章」サイドの人々というのは、そういう位置に固定されている。それは、トルコという国の圧倒的多数だと思われる。

だから、テレビのクルーが策を弄してネイイレ夫人の元を訪れなければならなかったことは、よく理解できる。対話など、望むべくもない。しかし、トルコという国は、大人にならなければならない。真実に目をむけるべきだ。過去と対峙するべきだ。

おそらく、ネイイレ夫人は待っていた。母の苦しみを目の当たりにしたネイイレ夫人は、真実を語れる勇気が自らに訪れる日を、待っていた。それは、確かに、大変な勇気がいることだ。「名誉の勲章」のストーリーは隙がない。それに、多数派であり、すでにそれ自体が歴史であり、重みがあり、時に暴力的である。母の苦しみ、母の死をもってしても、いや、だからこそ、語れなかった真実。受け入れてくれる人がいなければ、決して口にする勇気など出せないような類の、重荷。

夫の留守中も子育て、出産と、子ども中心に過ごしてきたであろう、ネイイレ夫人の母。妊娠中の女性の身体性というのはとてもユニークである。自分の中にもう一つの命が宿っている状態というのは、とても神秘的な体験だと思う。母親が、子を愛おしく思わないわけがないのだ。自らの肉体の中に宿った子を。大切に、大切に、腹の中でいつくしんだ月日を、ネイイレ夫人の母は、思わずにはおれなかったのだろう。地球上のどこの女であれ、どの女もまた、大切に、大切に、腹の中の子を愛おしく思ったに違いないのだから。

看板として掲げられているのは勲章を授与された華々しい父親の歴史。父の娘としてのネイイレ。女たちへの共感に満ちた母の物語は後ろ盾がなく、もろく、息も絶え絶えだったが、母の娘のネイイレによって、最後にこうして届けられた。

アイフェル・トゥンチュは一九六四年、アダパザル生まれ。大学時代より文芸、文科系雑誌に作品を発表。出版社勤務、ジャーナリスト、シナリオライターとして働く。サイト・ファイクの短編小説集から、トゥンチュがシナリオとして書き起こした『天空の雲』という作品が、トルコ国営放送局用に映像作品として撮影された。オルハン・ケマルの『監獄：七十二号室』という名の小説の映画化シナリオを担当。これまで、長編小説、短編小説、エッセイなどを発表している。最新作は『スザンのノート』(二〇一二)。

5　「先史時代の犬ども」　ブルハン・ソンメズ

降りしきる雪の中、来るはずもない想い人を窓辺で待ちわびる女の心情を歌った流行歌「見渡す限りの雪」で幕を開ける「先史時代の犬ども」という作品は、「叔母さん」、イエリダ、イェスマという三世代のデルスィムの女たちのお話である。

はじめに自殺未遂を繰り返すイェスマ(孫)、次に「叔母さん(祖母)」という順番で二人の語り手を配置したことで、読者は一瞬錯覚を覚える。果たして、どちらの物語がどちらのものだったか？　そして、この二人の女に挟まれている、イエリダ(母)とは、誰にとっての誰だったか…？　過去から未来に続く一続きの物語として読むような読み方は、あらかじめ封じられている。また、ほんの数ページの中に多くの登場人物がいることも、物語の複雑化に貢献している。「物語の中に物語」つまり、入れ子構造の書き方はソンメズらしい書き方だが、たった数頁の中にエッセンスをこれでもかと盛り込むのもまた、極めて彼らしい。

あるインタビューで、あまりにも多くの物語が一冊の小説に詰め込まれているのでネタ切れになるのではないかと問われ、「軽くあと二十冊の小説が書ける」と、あっさり答えている。ガス燈の明かりのもとで語られた物語によって磨かれたソンメズの感性にとってみれば、物語の在庫は無限だ。あとは、それをどのように小説として書き起こすのか、だ。

星たちの階層から言葉を地上に降ろしてくるのが、詩人の役目であるならば、「叔母さん」が大切にしていた〝Y〟の文字が詩人のジェマル・スレヤから届けられたのも、当然だろう。「叔母さん」にとっても詩人ジェマルとの出会いは大きかったようだが、訳者にとっても本作品でジェマル・スレヤを知ることができ、これは一つの大きな出会いとなった。

一九三七年から一九三八年のデルスィムの虐殺（あるいはデルスィム側から見た場合、それはデルスィムの抵抗）は、何もその時に始まりその時に終わる、期限付きの出来事ではない。「叔母さん（祖母）」の世代がいわゆる「デルスィムの虐殺」の犠牲者になるのだが、冒頭語られる孫のイェスマの経験が、一九三八年の出来事だとしてもまったく違和感がない。

三世代にわたり続く暴力とは、一体何なのか。それは、非トルコ人に対する同化政策というトルコ共和国における未完の暴力である。今なお、故郷を追われた者たちの尽きぬ望郷の念、凄惨な流血の記憶、複雑なアイデンティティといった、数えきれない痛みを生み出し続けている。そしてそれらは常に、クルド文学におけるメインテーマであり続けている。

ブルハン・ソンメズの小説を読んでいると、言葉というものについて、思いを巡らせることがしばしばある。究極的には、言葉を連ねているだけのページの重なりが、時に深い哲学的思索へといざない、時に肉体的な痛みを感じているような錯覚に陥らせ、歴史の端から端まで読者を連れ去る。

これまでに出版された三冊の小説『北』（二〇〇九）、『純真な人々』（二〇一一）、『イスタンブル・イスタンブル』（二〇一五）はそれぞれに趣向の異なる小説だが、いずれも「物語の中に物語」方式の、クルド文学、あるいは中東の文学作品ではおなじみの、物語の中心がいくつもあるような、読者を混乱に陥らせながらも、魅了してやまない小説たちである。二作目にして当時として最年少（四十六歳）で、国内の文学賞であるセダット・セマーヴィ文学賞を受賞している。

作品に負けず劣らず、作家本人の経歴も一風変わっている。ブルハン・ソンメズは、首都アンカラ県に属するハイマナの、クルド人の村に一九六五年に生を受けた。村に電気が通ったのは彼が十五歳のとき。しかし、当時の電気のない生活は小説家としての自分にとってアドバンテージになった、と語っている。ガス燈の明かりのもとに家族が集まり、母が母語であるクルド語で語る精霊の物語や、男女の駆け落ちの物語。その時培われた物語力が、彼の作家としての方向性を決定づけている。ソンメズが文学の言語として使用しているのはトルコ語だが、彼の物語を支えているのは母語であるクルド語の、トルコ語とは全く異なる音を持つ物語の数々だった。

その後、近隣のポラトルの町に一年の半分だけ学校のために移動し、あとは村で過ごすという遊牧民的生活を送り、大学入学と同時にイスタンブルに上京。法学部を出て弁護士の資格をとったが、警官から受けた暴力により頭蓋骨骨折という大怪我を負った。この怪我の後遺症の治療のため、英国の「拷問治療センター」で治療を受けた。

英国での滞在は長引き、英語の通訳の資格まで取得。「先史時代の犬ども」で登場する通訳のように、彼もまた、様々な事情を抱えた自国の人々の言葉を受け取り、英語に翻訳するという仕事をしていたのかもしれない。

彼の患った後遺症は、不眠症や「夢を見れなくなったこと」だった。これらは、自身の処女作

『北』と、二作目の『純真な人々』で描かれているテーマでもある。「先史時代の犬ども」に出てくる、デルスィム出身の自殺未遂を繰り返すイェスマもまた、英国に来てから不眠に悩まされていた。

ソンメズは、現在もイスタンブルとケンブリッジを行き来する生活を送っている。しかし、ソンメズ本人が最後に息を引き取りたい場所は、そのどちらの町でもなく、「間違いなく故郷の村」だという。

※この解題は、『中東現代文学選 二〇一五』（中東現代文学研究会 編）に収められたものを一部修正し掲載しています。

6 「白頭鷲」 ハティジェ・メリイェム

トルコで絶対視されている英雄と言えば、日本の世界史の教科書でお目にかかるオスマン帝国時代のスルタンたちではない。初代大統領ムスタファ・ケマル（「アタトゥルク」＝トルコ人の父）、その人である。国中の至るところに肖像画が掲げられており、大多数の人が誇らしげに、祖国分断の危機を救った英雄と崇めるそのあり様は、日本に置き換えようとしても、例えられる人物がいないほどである。

その、絶対英雄ムスタファ・ケマルは二度の結婚を経験したものの、実子には恵まれなかった。代わりに、養子を育てたが、中でも有名なのが、本短編の主人公であり、トルコ空軍初であるばかりか、世界初の女性パイロットとして知られる、サビハ・ギョクチェンである。その「世界初」という「名誉ある」称号をサビハが手にしたのは、デルスィムの「作戦」で初めて実戦に参加したから、である。

作中のサビハはブルサの孤児院でムスタファ・ケマルに出会う。この、意欲に満ち満ちた少女の人生はしかし、デルスィムの側から見ると、一般にトルコで流布している、あるいはムスタファ・ケマルがそのようであって欲しいと願った輝かしいトルコ人女性のイメージとは、随分違って見える。

著者は、サビハという存在の「自信の揺らぎ」を描いてみせる。その根拠を、サビハの出自と関連付けるのは、いかにも定石通りであろうか。あるいは、そこまで読みこまずとも、「養女」「たった一人の女性」ということを、負い目として感じていたかもしれない、いたって普通の人間としてのサビハを浮かび上がらせる。

アタトゥルクが理想としていた近代国家としてトルコを創り直すという作業の中で、いかに、暴力が正当化されていったのか、そのことをサビハの物語が表出させる。サビハだけではない、今も、多くのトルコ国民が、光の部分だけに焦点をあてて自国の歴史を認識している。影となる部分は「反逆者」なる悪の名で塗り固められ、それは、教育を通じて国民に強固に刷り込まれていった。

トルコの英雄の一人として名高いサビハ・ギョクチェンの視点から読むデルスィムの物語の中に用意された、とてつもない違和感は、「幼馴染のカニイェ」の存在である。たった数行だけ、物語に滑り込んでくる幼馴染。デルスィムに、幼馴染？　そう、サビハの「知らない言語」で「少しだけわかる気がする」ような言語で話をする幼馴染。この数行は唐突で、文脈のわからない日本の読者にとっては、意味をなさない。しかし、その答えは、ページを繰ってみると見つかるかもしれない。アルメニア人作家カリン・カラカシュル描く「サビハ」の中に。

サビハ・ギョクチェンは、実はデルスィム出身のアルメニア人だったのではないか、という「疑惑」がある。そのことについては、「サビハ」の解題で詳細を書くが、もちろん、ここで、「アルメニア人であることがなぜ問題なのか？」という疑問を持たれる方もいるだろうから、そのあたりについて解説したい。

二十世紀最初のジェノサイドは、トルコ領内のアルメニア人に対するものであることをご存知だろうか？　一九一五年は、アルメニア人にとっては、「アルメニア人大虐殺」が起きた年として知られている。百五十万の人が犠牲になったと言われているが、トルコ政府はこれを認めていない。一方で、アルメニアでは四月二十四日は、毎年ジェノサイド追悼記念日となっている。

個人的な経験になるが、「アルメニア人大虐殺なんてなかった」と、何人かのトルコ人、クルド人に反撃をくらったことがある。彼、彼女たちは、とても純粋に、そのことを信じているように見受けられた。学校教育の現場で伝えられていることなのだろうか。私は、軽く、地雷を踏んでしまったのだった。

二〇〇五年、ノーベル文学賞作家のオルハン・パムクが、アルメニア人虐殺についてインタビューで言及したことをうけて、国家侮辱罪で起訴されるなどといったことが本当に起きたりするのだから、このことがトルコでどれほどのタブーであるのか、推して知るべきである。

ところが、である。こともあろうに、建国の父でトルコきってのヒーローである、アタトゥルクの養女サビハ・ギョクチェンが、デルスィム出身のアルメニア人であるなど、トルコ民族主義者にとっては承服しかねる話であるに違いない。

「白頭鷲」では、そのことはメインテーマにはなっていない。より、フェミニストの視点からの作品であると、訳者は読み取ったが、この作品は、トルコの複雑な歴史的背景が飲み込めていないとなかなか伝わりにくい作品であることから、能書きが長くなってしまった。是非、そのことを踏まえたうえで、もう一度お読みいただきたい。

ハティジェ・メリイェムは一九六八年イスタンブル生まれ。大学では財政学を専攻し、卒業後銀行に就職。その後ロンドンに移住している。イスタンブルに戻ると雑誌社で勤務しはじめ、その間に発表した『初売り』という短編小説で注目を浴びる。代表作は『蚊ほどの亭主でいいから』(二〇一二)(※『中東現代文学選　二〇一二』に抄訳が紹介されている。村上薫訳)。アンカラ国立劇場にて演劇作品としても上演された。フェミニスト雑誌『アマルギ』の執筆者の一人でもある。

7「サビハ」カリン・カラカシュル

トルコ最大都市イスタンブルのヨーロッパ側の国際空港は「アタトゥルク国際空港」で、アジア側の国際空港はアタトゥルクの養女の名を冠した「サビハ・ギョクチェン国際空港」である。サビハ・ギョクチェン空港で掃除婦として働く、デルスィム出身の中年女性、サビハ・ギョクチェン空港でなにやら書き物をする女性、そして、サビハ・ギョクチェン本人。三人の複数の語り口からパッチワークのように物語が織りなされている。

著者のカラカシュルは、アルメニア人である。アルメニア人とデルスィムの関係について、ここで深く追求できないが、「サビハ=デルスィム出身のアルメニア人」説というものがあり、そのことを発表しようとしたのが、のちにトルコ民族主義者に路上で暗殺されることとなる、有名なアルメニア人ジャーナリスト、フラント・ディンチである。ただ、サビハが存命中だった当時、彼はその記事を出すのを控えた。それは文中にもあるように、「人は、自分の持っているアイデンティティが呪詛として捉えられているなどと、当然ながら信じたくはないもの」だし、フラント・ディンチが編集長を務めるアゴス紙の意図するのは、サビハの出自を白日のもとに晒し批判するようなものではなかったのだから。

さて、本短編集で紹介する多くの作品は、「沈黙」が大きなテーマとなっている。「サビハ」もまた、饒舌なジャーナリスト女性と思われる女性の書き物としての語りがある一方で、デルスィムの虐殺を生き延びた人物である主人公の掃除婦の母の沈黙が対置される。そしてそれは、サビハの沈黙とも重なるものである。アタトゥルクの死後、「二つの大虐殺事件という層になった沈黙に身を包み」、隠居生活を送る。きっと、彼女だって誰かに心の内を明かしたに違いない。せめて、自分自身に向かって。それは、共感する者を見つけることも、同じ経験を経た者を探すこともとうてい困難な、たった一人の、本当に孤独な、想像を絶する独白だろう。

国をあげて「現代トルコ女性の手本」として称えられた一人の女性の人生を思いながら、虐殺を生き延びた人々の子孫である女たちが、それぞれにサビハに問いかけ、自らの人生の次なる一歩を踏み出すという形で幕を閉じる本作品は、読む者にかすかな希望を与える。それは、冒頭で描かれた反目しあう母と娘が、最後のくだりで和解するからだ。

母は、デモに参加する娘に「どんな風に沈黙してきたのか」を、どう説明したらいいだろう、と戸惑う。母がもどかしくおもうのは、そこなのだ。沈黙してきたことの重みが、娘たちには伝わっているのか。語られた出来事以上に、沈黙が存在することこそが、出来事の凄惨さを物語る。が、しかし、そこには、「沈黙があった」ということが広く知られなければならない。沈黙は沈黙以上でも以下でもなく、ひっそりと、人のうちにあって、言葉を飲み込む。飲み込まれた言葉はもちろん、その時点では外にはでない。沈黙を破るその日まで。破られなかった沈黙は、では一体どうなるのか？

私たちが今、ここで、こうやって物語として読むことのできる経験された沈黙は、すでに沈黙ではない。ここで物語として誰かによって語られ、私たちによって読まれたのだから。私たちはかつて沈黙だったものの痕跡を、見る／読むのみである。

一方で私たちは「破られなかった沈黙」の存在を、物語を読むことで想起する。ただ、想起する。おびただしい数の、ひとつひとつ異なる言葉を持ちながら外にでることのなかった言葉たち。言葉に到達することもなくただ生きられた経験かもしれない。あるいは、単に、死。

それにしても、と、ここまで書きながら思うのは、沈黙について書かれた物語を読めば読むほどに饒舌になってしまうのは、なぜなのか。危険なのは、沈黙こそは、思い通りに言葉を代入することのできる、魅惑の処女地だということだ。沈黙を扱う作品は、常にそのリスクを背負って書かれているといってよい。

カリン・カラカシュルは一九七二年イスタンブル生まれ。名門ボスポラス大学卒。一九九六年から十年間アルメニア系新聞『アゴス』紙で編集業務の傍ら記事も書いていた。短編小説集の他に、長編小説『都合のいいところで降ります』（二〇〇五）、紙上に発表した文章をまとめた『出窓』（二〇〇八）、共著で『トルコのアルメニア人：コミュニティ、個人、国民』（二〇〇九）などがある。

8 「その昔、私はあの広場にいた」 セマー・カイグスズ

よそ者や旅人に親切なトルコ人のホスピタリティについては、日本人旅行者の間でもよく知られており、実際にトルコを旅した者ならば、日本の常識に照らし合わせれば、やや暑苦しいまでのトルコ的ホスピタリティの洗礼を、必ずや受けているはずである。トルコ的ホスピタリティは、相手が外国人だからとか、こちらが日本人で相手が親日家だから発揮される、というだけではない。作中にあるように、見ず知らずのケキル爺さんに家を見つけてやったり、家の掃除をかってでたりといった具合で、トルコならそれも当然だろうと思われるのである。

しかし、そんな平均的なトルコ人は一方で、デルスィムの「デ」の字も知らない人々でもあった。この短編集では、「デルスィムの歴史に対する気づき」が描かれているものが多いが、「その昔、私はあの広場にいた」もその一つに数えられるかもしれない。ただし、語り部も床屋のフセイン兄さんも、およそ考えうる限りの、一番遠い可能性を経てデルスィムの歴史と出会うことになる。

物語の枠組みからしても、遠い物語である。ケキル爺さんは二十年の沈黙を経て、まず、床屋で語り、床屋で話を聞いた主人公が誰かに語ったその話を読者は読んでいるのである。主人公はケキル爺さんの話など、信じていなかった。床屋のフセインは信じるもなにも、一体なんのことやら、わからなかった。このくだりは、トルコの歴史教育（あるいは歴史修正主義）の程度と質を如実に示している。歴史を都合のいいように書き換えることなど、「良心」を手放した連中にしてみればお手の物である。それに抗して語る作業、聞く作業は、なんと、根気のいることか。

当然、ここに翻訳した作品たちも、「全部嘘っぱちだ」と評価することはいくらでも可能である。

なにしろ、小説は最初から「嘘っぱちである」というところからスタートしているのだから。しかし、小説の中に人間にとっての根源的な真実が描かれていることは、小説が「歴史的に嘘っぱちである」ことと、一切矛盾しない。

ケキル爺さんも嘘をついていた。名前から素性から全て、嘘である。自称「ケキル」爺さんの生きた歴史は、とうてい、自らの名で語れるものではなかった。そして、しまいには、自分が本当は誰だったのか、思い出すのをやめ、すっかりケキルとなって、人生を終えた。ケキル爺さんは、「デルスィム」という出来事それ自体を自身の体内に宿して生きてきたのだ。

トルコの地に生きる人々が、もし、デルスィムという出来事と向き合っていたならば、あるいは「ケキル爺さん」の人生は全く違うものになっていただろう。訳者には、デルスィムでかつて、暴力的かつ悲劇的な出来事があったということよりも、そのことを国をあげてずっと沈黙し続けてきたことのほうが、罪が重いように思えてならない。それは、例えば、日本で「従軍慰安婦」という存在が、ずっと語られてこなかったこと（そして、語られ始めたら途端に攻撃が始まったこと）と、とてもよく似ている。この作品は、ハウサという西部のなんの変哲もない田舎町を舞台に、ごく普通の人々の目を通して、デルスィムの歴史がいかに、恣意的に忘れられてきたのか、そのことが被害者のみならず加害者にとっての苦しみになりえたか、ということを浮き彫りにしているように思える。

著者のセマー・カイグスズは、デルスィム三世である。つまり、彼女のお婆さんは、デルスィムのサバイバーなのである。がしかし、彼女本人はそのことを知らずに、知らされずに生きてきた。お婆さんの沈黙の影にある人生を知った若き女性作家セマー・カイグスズは、この歴史を掘り起こし、自らの手で「沈黙の物語化」を試みる。本人曰く、「孫の世代というのは、知りたがり世代」。孫たちは、自分たちにとって「最初に出会った哲学者」たる老人たちの過去をほじくるのが大好きである。親から聞くには直接的すぎるし歴史が浅すぎるが、お婆さんというのはどこか、歴史の一ページを成す存在であり、雰囲気、態度、言葉、全てにおいてどこかしら仙人じみた重みがあるものだ。

セマー・カイグスズは、一九七二年、サムスン生まれ。祖母がデルスィム出身。文学の世界に短編小説を引っさげて一歩を踏み出した作家セマー・サイグスズは、いくつかの国内の文学賞を受賞後、初の長編小説『地に落ちた祈り』(二〇〇六)が各国語に翻訳され、フランスから二つの文学賞を受賞し、さらにはバルカニカ文学賞も受賞。その他に、『顔の、とある場所』(二〇〇九)、『黒い感情』(二〇一二)に続いて出版された長編小説『野蛮人の高笑い』(二〇一五)で、第七十一回ユヌス・ナーディ文学賞を受賞し、現在トルコで注目を浴びている作家の一人である。

9 「祖父の勲章」 ヤウズ・エキンジ

トルコ一の大都会イスタンブルの、若者が集うとあるカフェ。平凡な日常のシーンで幕を開ける「祖父の勲章」という作品が、主人公の回想を介して読者を導く場所は、かつて虐殺事件の起きた東部アナトリアのデルスィムの地である。

主人公はそれまでも、祖父がデルスィムの地で何をしてきたのか、全く知らなかったわけではない。むしろ、それを誇りに思っていたぐらいだ。「建国の父」である初代大統領ムスタファ・ケマルから授与された祖父の勲章は、幼い主人公にとっては、「偉大なる祖父」の証明であり、自尊心をくすぐる優れた道具だった。その後の人生で「偉大なるアタトゥルク」も「偉大なる祖父」も、彼の中では矛盾することなく確たる居場所があった。

ところが、正義感あふれる婚約者の視点と主人公のそれが重なったとき、祖父が「偉大なるアタトゥルク」から授与された勲章の意味が、主人公の中で劇的に変化する。

しかし、主人公の変化は突然起こったわけではないのではないか。トルコに居ながら「デルスィム」と完全に無関係ではいられないはずである。静かに主人公の中で醸成されていた何か、言語化され、実体化されるのを恐れていた何かが、婚約者レンギンの言葉に触発されて、一気に噴出したのではないか。

「祖国のために闘った英雄」という物語は強固で、徴兵制を採用している上に内線状態にあるトルコでは、多くの若者が兵士としての義務を、決死の覚悟で果たさなければならない。その兵士たちの愛国心を保つには「偉大なるアタトゥルク」という崇拝の対象も不可欠である。「虐殺」という歴史について、事実無根だとはねのけ、これまで信じられていた通りの物語を真に受けて生きていくことは、いくらでも可能である。主人公の父がそうであるように。

しかし、主人公はこれから一生を共にしようとする、愛する女性の目で世界に眼差しを向けることを選ぶ。自身が「偉大なる英雄」などではないことを自覚していたであろう祖父のことを思い、政治や歴史のことをほとんど考えることもなかった主人公が、デルスィムでの出来事について、ようやく自分の頭で思考することを選ぶのである。

著者のヤウズ・エキンジは、自身について次のように語る。

ヤウズ・エキンジは一九七九年にトルコ東部の県、すなわちクルディスタンのバトマンに生まれた。クルド語を母語としながらトルコ語で著作活動を行うトルコのクルド人男性作家である。二〇〇四年に作家デビューし、これまで中・長編合わせて七作品を発表。国内の文学賞を五つ受賞している作家だが、最近までバトマンの中学校で教鞭をとる「学校の先生」でもあった。現在はイスタンブルに移住したが、やはり、「学校の先生」でもあり続けている。なぜなら、「この仕事を愛しているから」

さらに、「イエロー・ブックス・シリーズ」と銘打ったクルド人作家による作品の翻訳プロジェクトを開始し、編集者の顔も持つようになった。第一弾として二〇一五年、アラビア語やドイツ語で書かれたクルド人作家による小説が、トルコ語およびクルド語に翻訳されトルコ国内で出版された。

エキンジの作品は、たとえそれが短編小説集であっても一つの作品が別の作品と巧妙に絡みあうようにできているばかりではなく、独立した別々の小説間ですら、同じ人物、連続するエピソードが絶妙な具合に織り交ぜられており、それもまた彼の作品を読む際の魅力の一つとなっている。

短編集『イスマイルと呼んでくれ』(二〇〇八)は、関連性のないばらばらの作品たちから成っている短編集だが、そこに描かれた各小説の主人公たちが、最終章で自分たちを生み出した「国民的作家」の失踪後に一堂に会すというくだりには度肝を抜かれた。最終章のヒロインとして描かれるはずだった自殺寸前のヒロインが、自身の運命が宙ぶらりんのままの状態であることを嘆きながら、作家に変わって作家の失踪を物語る。

すると今度は、『肌に書かれた章句たち』（二〇一〇）で、前作の「国民的作家」の失踪それ自体がメインテーマとして描かれる。また、その物語とパラレルに、不死の運命を背負うこととなったギルガメシュ叙事詩に登場するウタナピシュティムの数奇な長い、長い人生が、「国民的作家」と交差する様が描かれることとなる。

次の長編小説『天国の失われた大地』（二〇一二）では、三世代に渡るクルド人一家の故郷喪失の歴史が、クルディスタンの歴史にとって決して無視できないアルメニア人大虐殺の歴史を織り交ぜながら描かれている。

幼少期に祖父がクルド語で語ってくれた物語こそが、作家としての原点であると語るエキンジの小説は、小学校に入って初めて出会う「国語」であるトルコ語で書かれている。しかし、クルディスタンとクルド人を描く、という強い意思に貫かれた作品群をトルコ文学と呼ぶには、どうしてもためらいがある。

本人の語るところによれば、「自分はトルコ文学を書いているのであって、住んでいる地域や民族的出自が重要だとは思わない」のだそうだが、訳者が彼の著作を数冊読んだ限りでは、明らかにそれらはエキンジにとって抜き差しならないほどに重要と思われる。しかし、彼にそのように語らしめるのは、バトマン出身であるということで「第二リーグ所属」のように扱われることを嫌う彼の、トルコ文壇における作家の評価基準に対する批判的態度のなせる業なのだろう。「クルド文学はノーベル文学賞を取れるか？」国内の文学雑誌のこのような問いに対し、問いそれ自体が孕むクルド文学への蔑みの眼差しを指摘する。

クルド人軍事組織ペシュメルガの参戦により、唯一イスラーム国との戦いに勝利した町、シリア・クルディスタンのコバニのために二〇一五年に出版されたアンソロジー『石に囁く物語集　コバニ』(二〇一五)には、エキンジの『夢を引き裂かれし者たち』(二〇一四)の最終章が掲載されている。作品は、ドイツに難民として逃れた主人公のクルド人男性が、自分とは対照的に山に入ってゲリラとなった弟を、死の縁にいる父親のために探しにいくというお話である。二〇一六年、最新の長編小説『ある日』を発表。

※この解題は、『中東現代文学選　二〇一五』(中東現代文学研究会　編)に収められたものを一部修正し掲載しています。

10　「禁じられた故郷」　ギョヌル・クヴルジュム

大都会イスタンブルの中心地、タクシム周辺で展開する、二人のマイノリティーの人生が交差することで織りなされる数時間の物語。見知らぬ男女が重ねたであろう会話の断片をまるで盗み読むような読書経験。読者は、マイノリティーたちが生きる湿り気を帯びた人生の重い扉の前に立つ。

デルスィム出身の、つまりはクルド人のハサンと、イスタンブルの居住区域や名前から察するにアルメニア人のナディア(もしかすると、ナディアはルムと呼ばれるギリシア人かもしれない)。それぞれのアイデンティティと、二人が出会うことそれ自体が、この作品のダイナミズムなのだが、事情のわからない読者にはおよそ意味をなさない。だから、この小説は、少し訳注が多めについている。

私たち読者に極めて近いポジションの人物として、「ジャネル」が配置されている。アルメニア人と目される女性主人公のトルコ人の彼氏、およそ一般的なトルコ人男性像を想像させる、「ジャネル」が。「デルスィム」という土地の名がすんなりとは出てこず、「メルスィム」と歌ってしまって、後々、この小説の主人公二人から失笑される、ジャネル。言い訳のジャネル。インターネットがなかったから、と。そうだろうか？　私たちは、インターネットがあってもなくても、自分に関係ないと思えば、グーグルで検索するような手間もかけないし、ヤフーニュースが世界各地の大ニュースを報じても、関心がなければすぐに削除する。全ては、人間の主体的な選択に任されている。

主人公の二人は、それぞれの出自ゆえの生きにくさを抱えながら、メトロポリタン・イスタンブルに生きている。ナディアはもうじき、イスタンブルを出て行くにしても。「ナディア」という名前でも彼女に生きにくさを感じさせない土地が地上にはあるに違いない。しかしそこは彼女にとって、おそらく故郷ではない。一方ハサンは住み家を手にいれても、ひとところに落ち着いて眠ることもできない。故郷は常に、禁じられている。

本作品集は、虐殺が起きたデルスィムにまつわる物語でありながら、実に多くの「アルメニア」が登場する。デルスィム以前、トルコの地で起きた虐殺事件。一九一五年、第一次世界大戦の最中、トルコ東部で起きた二十世紀最初の虐殺と言われる、アルメニア人大虐殺。クルド人の歴史にとって、欠くことのできない隣人であったアルメニア人。クルド人は、その殺害に加わったとされている。

ナディアとハサン。二つの虐殺。二つの沈黙。二つの失われた故郷。世界の一大観光地イスタンブルの中心地タクシムで、この二人の故郷喪失者が出会う。もし、あなたが、旅行者としてこの町を訪れて、この二人を目撃したとしたら、あなたは単に、「トルコ人の男女のカップル」を見かけた、というにすぎない。ところがどうだ、この二人はトルコ人ですら、ない。

そもそも、トルコ人とは誰のことなのか？　トルコに生まれたからトルコ人。そう言ってしまえるほど、トルコという国はシンプルではない。トルコの国土のほとんどを占めるアナトリアの地は、これまで多くの民族の歴史が息づいている土地である。

ギョヌル・クヴルジュムは一九六三年クルックカレ生まれ。ボスポラス大学で経営学を学んだあと、ノルウェーで集団コミュニケーション学を専攻。ドイツのテレビ局に就職し、その後トルコに帰国。二〇〇一年に短編小説で作家デビューを果たす。これまで、『カミソリ・スィナン』(二〇〇七)、『パーツ化された愛』(二〇〇四)、『生き証人が語るカラキョイ』(二〇一〇)、『罪の館』(二〇一二)などを発表。

訳者あとがき

二〇〇五年、たった一日だけ、デルスィム（現トゥンジェリ）の地を訪れたことがある。

「トゥンジェリに行くつもりだ」と告げると、イスタンブルに住むトルコ人の友は「行かない方がよい」と止めた。私と同い年のリベラルな彼は、私の身を案じて言ってくれたのだが、私はどうしても行きたくて、「ふらり一人旅風」にデルスィムに向かった。

近隣の町の空港からはバスで向かった。私はそれまで、トルコ東部へはほとんど行ったことがなかったので、他の東部の町がどうかはわからないが、バスの中はトルコの他の地域、西部や中央アナトリアとは空気が違っていた。あの、慣れ親しんだ「日本人を歓迎するムード」は皆無だった。

デルスィムに向かう途中、生まれて初めての検問にひっかかる。私だけが、バスを降ろされる。なるほど、そういうことか。

検問を行っているのが憲兵なのか軍隊なのかはわからない。私は椅子らしきものに座らされた。尋問者はゆったりと落ち着いた口調で、トゥンジェリへは何をしに行くのかと、私に尋ねた。

「静かなところに行きたくて。イスタンブルはごみごみしているから」と、あらかじめ用意しておいた台詞を吐く。

そのとき、ロクな場所ではないとか、大した場所ではないとか、やたらと否定的な言葉を言われ、その憲兵だか軍人だかは、悠長に無駄話をはじめ、私にチャイをすすめてきた。

私は落ち着かない気持ちになり、「バスの中で皆さんが待っていると思うので、早く戻りたい」というと、「連中なら待たせておけばいい」と、文字通り「吐き捨てた」。

他にも、なにやら色々なことを言われたと思うのだが、私はその彼の「吐き捨てた言葉」の中にある容赦ない差別感にぞっとし、その他の発言のことはもう忘れてしまった。

バスに戻ると、うんざりした様子の乗客たちが私を待っていた。私は身を小さくして、席に戻った。

町の雰囲気も他とは全く違う。トルコでは、たいていが日本人に対して「好奇心」で近づいてくるのだが、デルスィムの町を覆っていたのは、警戒心だけだった。誰も話しかけてこない。他の町ではありえないことである。一人だけ、しつこく後をつけてきた中年の男がいたが、その人は隣の県のトルコ人で、ムンズル川のほとりにカフェを経営しているということだった。

本で幾度となく読んだ、Oという町に行きたくて、翌日はそちらに足を伸ばそうと考えていたのだが、夜中にホテルの外で治安当局の連中が無線で話す内容（「怪しい日本人がこのホテルに滞在しています」）が、不幸にもわかってしまい、私は恐怖を感じ、翌日、デルスィムの町を後にした。

本書の短編小説を読めば、おわかりいただけるだろう。デルスィムに住む人々は、虐殺の生き残り、そして、その子孫である。思えば、私はデルスィムの人々の話を直接聞くような心の準備など、何一つできていなかった。とてつもない暴力を生きた人々の何を、私が受け止められると言うのだろう。私は、デルスィムの町が全身で醸し出していた、拒絶感だけを手土産に、慣れ親しんだ民族の坩堝、イスタンブルに戻った。

『あるデルスィムの物語』のまえがきでは、トルコを代表する作家の一人、ムラトハン・ムンガンが、自らの「あるデルスィムの物語」について書き、そして、「誰しもそれを持っている」と書いている。

私にも「あるデルスィムの物語」は、ある。それは、二十四時間のデルスィム経験に先立ち、私をデルスィムへと向かわせた好奇心の紀元でもあり、私にとって、ほぼ「トルコへの興味」と同義語と言って差し支えない一冊、小島剛一著『トルコのもう一つの顔』（中央公論社 一九九一）との出会い、それが私の「デルスィムの物語」だ。言語学者である小島氏は、フィールド調査の地としてトルコを選び、少数民族の言語の研究を自分の足で歩いて行う。政府当局からの執拗ないやがらせを受けながらも、現地調査を行ったときの経験をまとめた本書は、トルコ政府の公式見解の写し絵のようなどんな歴史の本よりも、私の興味をかきたてた。とりわけ、デルスィム（トゥンジェリ）のくだりは、忘れがたく、何度読み返したかわからない。

実際に行ったデルスィム以上に、活字として読んだデルスィムは私の心に深く刻まれている。それは、文学作品ではなかったし、一言語学者の旅行記としても読める、軽妙な語り口の書物だったが、デルスィム、そしてクルディスタンへと私を誘う、かけがえのない一冊となった。この本を読まなければ、『あるデルスィムの物語』という本を手に取ることも、翻訳することもなかったに違いない。

ただ突き動かされるように翻訳していった作品たちがこうして形となったのは、沢山の方々のお力添えの賜物である。長年、在日クルド人の支援を粘り強く続けている「クルドを知る会」代表松澤秀延さんと、ノンフィクションライター中島由佳利さんが、私のPCの中で眠りを貪っていた物語たちの存在を知ると、「本にしましょう」と声をかけてくださった。すると、あれよあれよという間に、敬愛してやまない写真家の松浦範子さんが貴重な写真を提供、アートディレクターの近藤正人さんがそれだけで物語になるような表紙をデザイン、そして、最終的に物理的な形になるものとして長内経男さんがお力を貸してくださった。そして、とうとう、日本のリトル・クルディスタンである埼玉県蕨市の出版社、さわらび舎の温井立央さんに出会ったのだ。蕨市は、ワラビスタン（クルディスタンと蕨を掛けた造語で、今や巷では一般名詞化している）と呼ばれて久しい。ワラビスタンの出版社から、クルド人関連の書籍を出せるとは感無量である。皆様のご尽力がなければ、決して本書がこのような形をとることはなかったと思う。心からの感謝を捧げたい。原著編者のムラトハン・ムンガン氏とメティス出版社は、部分訳であるにも関わらず日本語版の出版を快諾してくださった。合わせてここに感謝したい。

シリア情勢やクーデター未遂などの治安の悪化にともない、トルコを旅する日本人は減少傾向にあるかもしれないが、いずれにせよ、トルコを訪れる人たちの多くは、「親日国トルコ」というストーリーに乗って旅をするのが王道だろう。誰も、わざわざ貴重な休暇とお金を使って、苦難の歴史に首をつっこもうとはしない。

しかし、トルコでは、公然と、マイノリティの中のマジョリティであるクルド人が母語を禁じられている。とてもわかりやすい差別であり、見ないでいることのほうが困難なほど、あからさまな差別がトルコにはある。

禁じられていたのは、母語だけではない。存在そのもの。だから、過去も否定する。「そんな連中はいない」のだから、過去など当然、ない。

権力者は、いつだって歴史の叙述そのものを牛耳り過去をいかようにも書き換える。しかし、過去の出来事の書き換えは、なにも、権力者だけに許されているわけではない。

作家の限りない想像力によって開かれる扉の向こうの「過去の出来事」は、歴史書ではない以上、過去に起きた出来事の意味を書き換えるエネルギーを持ち合わせている。そして、『あるデルスィムの物語』が示してみせるのもまた、そのことなのではないだろうか。

文学作品を買うのはそんなにお金はかからない。短編小説だから時間もかからない。訳者の切なる願いは、本書に掲載されているいずれかの物語が、読者の中に狡猾にも潜り込み、なんらかの痕跡を残すことである。

二〇一七年八月　磯部加代子

参考文献

中川喜与志『クルド人とクルディスタン　拒絶される民族』南方新社　二〇〇一年
松浦範子『クルディスタンを尋ねて　トルコに暮らす国なき民』新泉社　二〇〇三年
中島由佳利『新月の夜が明けるとき　北クルディスタンの人々』新泉社　二〇〇三年
小島剛一『トルコのもう一つの顔』中公新書　一九九一年

A STORY OF A CERTAIN DERSIM
(Bir Dersim Hikâyesi)
edited by Murathan Mungan

Önsöz: Süt, Kan ve Kelimelerin Kemikleri (Introduction, Murathan Mungan) / Karganın Merhameti (Yalçın Tosun) / Bunlar Masal mı Munira Hala? (Cemil Kavukçu) / Lori... Lori... (Behçet Çelik) / Yük (Ayfer Tunç) / Tarih Öncesi Köpekler (Burhan Sönmez) / Beyaz Kartal (Hatice Meryem) / Sabiha (Karin Karakaşlı) / Yıllar Önce Ben Bir Meydandaydım (Sema Kaygusuz) / Dedemin Madalyası (Yavuz Ekinci) / Yasak Ülke (Gönül Kıvılcım)

原著編者
ムラトハン・ムンガン

1955年、トルコ、イスタンブル生まれ。両親はクルディスタンの町マルディン出身で、幼少時代はマルディンで過ごす。アンカラ大学を卒業後、国立劇場で仕事を始め、1980年に最初の著作『マフムードとイェズィダ』を出版。1984年にメソポタミア三部作の二作目『タズィイェ』で最優秀劇作家に選出される。詩人、劇作家、短編小説家と多くの顔を持ち、著書も多く、トルコを代表する作家の一人。トルコの大手出版社であるメティス出版から、「ムラトハン・ムンガン選集」として若き作家たちとのコラボレーション作品集がシリーズ化されており、本作『あるデルスィムの物語』もその中の一冊。
HP（トルコ語）http://www.murathanmungan.com/

訳者
磯部加代子

1973年、神奈川県生まれ。クルド文学翻訳者（トルコ語）、トルコ語通訳（フリーランス）。1999年から2001年までの約2年間トルコのイスタンブルに在住しトルコ語を習得。帰国後トルコの食品を輸入・販売する会社に約5年間勤めた後、退職。著書『旅の指さし会話帳18 トルコ』（情報センター出版局）、訳書『魂の視線　～光の教師からあなたへ真実のメッセージ～』（高木書房）、『クルディスタンを知るための60章（仮）』（山口昭彦編著／明石書店／2018年刊行予定）で「クルド文学」の章を担当、など著訳書多数。

あるデルスィムの物語
クルド文学短編集

2017年12月15日　第1刷発行

編者　ムラトハン・ムンガン
訳者　磯部加代子

発行所　さわらび舎
〒335-0003　埼玉県蕨市南町3-2-6-701
Tel & Fax 050-3588-6458

協力　クルドを知る会
写真　松浦範子
装幀　近藤正人
組版　大崎善治（SakiSaki）
印刷・製本　株式会社エーヴィスシステムズ

ISBN 978-4-9908630-4-3
Printeed in Japan